AF130103

Elke Frank

Das Tor zum Park

Ein Roman in Erzählungen

Bibliographische Information Der Deutschen Bibliothek

© 2013 Elke Frank
Herstellung und Verlag: BoD - Books on Demand Norderstedt
ISBN 9783732282760

Inhaltsverzeichnis

Für meine Schwester

Das Tor zum Park

Es war ein großes Tor, höher als breit, schmiedeeisern und zweiflügelig; es zeigte runde Ornamente und gerade, fast schwarze Stäbe; es stand am Ende einer langen Kastanienallee und gab vor, den großen, etwas verwilderten Park zu bewachen, der hinter ihm in der Sommerhitze lag, und in dem man zersprungene Marmorbrunnenbecken vermutete und tausendjährige Eichen, Brombeergestrüpp, verwilderte Kletterrosen und eine weiße Schaukel, die kaum merklich hin und her schwang.

Die Vögel schwiegen, kein Wind bewegte Blätter und Gräser. Die unbeobachtete Allee, das Tor und die Mauer des Parks, auf die sich kein Blick richtete, hatten ihre Festigkeit verloren, schienen an den Rändern zu verschwimmen, wie feste Gegenstände, die man durch den an Sommertagen von Schieferwänden abstrahlenden Hitzeschleier betrachtete.

Stimmen klangen auf, vereinzelt, verweht, und das Tor, die Mauer, die Kastanienbäume, alles gewann an Schärfe, zeigte plötzlich feste Umrisse, schien zu erwachen. Die Stimmen näherten sich vom anderen Ende der Allee, und man erkannte zuerst die schüchterne, die sich vor der anderen fürchtende, die versuchte, sich zu verbergen und auszulöschen, indem sie lebhaft klang und kindlich lebendig.

"Die Blumen... auf dem Wohnzimmertisch...gelbe Vase... wie blau der Himmel... wie grün die Wälder... malerisch, lieblich, wundervoll!"

Eine andere Stimme antwortete, beherrscht, männlich, überlegen, leicht belustigt, leicht verachtend.

"Gewächse dort drüben... Dikatyledonpflanzen... Baum Kastanie, Unterfamilie Castanoidea... erinnert an einen Kupferstich."

Man verlor bald das Interesse an beiden Stimmen, sie waren wie glatt poliert unter einer dicken Schicht aus Gewohnheit, Gleichgültigkeit und flüchtiger Höflichkeit, gleich bleibend ohne Höhen und Tiefen. Die Bäume verschlossen sich, die Mauer zog sich zurück unter ihr Deckbett aus Efeu und Moos, das Tor wuchs zu etwas bedrohlichem heran, etwas wehrhaftem, beschützte nun wirklich den ihm anvertrauten Park und die Kletterrosen, die Eichen und das Brombeergestrüpp, als eine dritte Stimme erklang, eine wilde Stimme, die in ihrer Heftigkeit an berstendes Holz erinnerte, das von zwei kräftigen Händen über das Knie gebrochen wurde.

"Lieblich?" sagte die wilde Stimme, "Wie ein alter Kupferstich? Pah!"

"Du kannst das nicht so tief empfinden wie ich, Vicky!" rief die scheue Stimme.

"Du kannst dir hier kein Urteil erlauben, Viktoria!" sagte gleichzeitig die überlegene Stimme.

Die wilde Stimme wischte all dies mit einem Achselzucken beiseite. Viktoria wurde unruhig, lauschte, witterte, wendete den Kopf hierhin und dorthin. Sie spürte, das etwas an ihrem Geist zupfte und zog, ganz leicht, kaum spürbar, und aufgescheucht flatterte er nun umher wie ein Vogel im Käfig, der den Ausgang nicht fand. Ich sehe die Allee, überlegte sie, die starken Stämme und die sich wölbenden Baumkronen, und kleine Steinchen und Vorjahresblätter gerade hier zu meinen Füßen; ich sehe in der Ferne das Land sanft abfallen und weiße Möwen hinter einem Traktor her fliegen; ich sehe eine alte Mauer und ein schmiedeeisernes Tor.

Ihre Aufmerksamkeit änderte sich, Bäume, Steine, Möwen und Land traten in den Hintergrund zurück wie Statisten in einem Theaterstück, die den auftretenden Helden in einem Halbkreis umgaben. Die Welt geriet in Bewegung, wölbte sich, kippte, rahmte ein, hob hervor, und der Geist fand den Ausgang und flatterte geradewegs auf das zu, das nun den Mittelpunkt des Blickes bildete, scharf und wie mit Säure eingeätzt: das Tor zum Park.

Sie ging langsam darauf zu, die Hände in den Jackentaschen vergraben. Ich reihe mich ein, dachte sie, in die Prozession einer unendlichen Anzahl von Menschen, die diesen Weg schon gegangen sind und die ihn noch gehen werden. Wem dieser Park wohl gehört?

Früher war es bestimmt der Großgrundbesitzer gewesen, der hier herrschte, mit Spazierstock, Hut und schwerer goldener Uhrkette über der Weste. Sie sah ihn vor sich in vergilbtem Sepiabraun, auf einer Freitreppe stehend, den Arm auf dem Sandsteingeländer. Neben ihm die dunkel gekleidete, aufrechte Frau; eine Frau, die herrscht, eine Frau, die befiehlt, eine Frau, die denkt. Doch das war ein Jahrhundert her. Heute ist es eher der neureiche Computer- oder Bankmanager - doch nein, Brombeergestrüpp würden seine Gärtner nicht dulden. Vielleicht die verarmte Adlige, die sich nur noch um ein paar Rosenbeete kümmerte und den Park etwas verwildert viel lieber mochte als getrimmt, maniküort und totgepflegt. Man kann ja nie wissen -

Vor ihr ließ sich eine schwarzglänzende Drossel aus den untersten Zweigen einer Buche auf den Waldboden fallen. Blätterraschelnd, pickend, den Kopf flink wendend, suchte sie nach Insekten unter dem Laub; schmal, geschmeidig, ruckhaft verschwand sie in einer kleinen Mulde.

Dieses Tor, dachte sie, dieses Tor zu einem Park, in dem man Eichen vermutet, Kletterrosen und eine weiße Schaukel, ist eine Grenze; ist die Grenze - doch die Grenze zwischen was? Die Grenze zu wem? Ich sehe in den Park und denke an das einfache Leben im Dorf hinter dem Hügel - denn zu diesem Besitz musste es doch ein Dorf gegeben haben, mit Menschen, die auf den Feldern arbeiteten, die Wäsche wuschen, butterten und Brot backten - und hier, abgeschlossen hinter Tor und Mauer, war Platz für Fantasie, Schönheit, Natur, Wahrheit und Zeit. Eine Grenze; es ist wichtig, die Grenze zwischen -

Sie ging zögernd näher, legte die Hand auf die breit ausladende Klinke des Tors. Kühl und rund schmiegte sie sich an ihre warme Haut; und sich nun an einem festen Gegenstand haltend, betrachtete sie den Gedankenaufruhr in ihr (ein Sandsturm; Zuckerkristalle, die in einem Wasserglas herumgewirbelt werden; Holzsplitter in Stromschnellen), ohne ihn richtig erfassen zu können. Sie sah ihre Hand auf der abgegriffenen Klinke liegen, die weiße Haut, die blauen Äderchen, den abgebrochenen kleinen Fingernagel, die Schwiele an der linken Seite des rechten Mittelfingers (denn sie schrieb ihr Tagebuch und manchmal auch Briefe tatsächlich noch mit der Hand) und plötzlich fragte sie sich, ob sie dazu fähig sein würde, ihr auch nur den geringsten Befehl zu geben. Krümmt euch, sagte sie zu den Fingern, und wirklich, sie fassten fester zu.

Die Grenze, dachte sie. Dieses Tor ist die Grenze schlechthin. Die zwischen Phantasie und Wirklichkeit, zwischen Sinn und Unsinn, zwischen introvertiert und extravertiert; zwischen Dingen, die beide ihre Daseinsberechtigung haben, aber nicht am selben Ort zur selben Zeit existieren können, sondern nur nebeneinander, nacheinander.

"Kommst du jetzt? Wir wollen weiter!"

Ich muss mich jetzt umdrehen, dachte sie, mit ihm sprechen, mit ihr sprechen, denn sonst werden sie sich wundern, erst erstaunte, dann verständnisinnige Blicke tauschen; denn sie halten mich für verrückt. Es erfasst mich eine blinde Wut gegen beide; wer sind sie denn schon, dass sie meine Zeit beanspruchen und mich vereinnahmen dürfen, wenn ich lieber dastünde und ein gelbes Blatt betrachtete, das aus großer Höhe auf den Boden herunter getrudelt kommt - wann sieht man so etwas schon im Juni - , wenn ich lieber darüber nachdenke, dass ich an der Grenze stehe, immer an der Grenze, wie das Zwielicht zwischen Tag und Nacht steht, mal kippe ich auf diese Seite, mal kippe ich auf jene. Ob das unbequem ist? Das will ich nicht behaupten...

Die Wahrheit kann durch ihre Größe begeistern und befreien oder verletzen und unerbittlich viel zuviel fordern; die Wirklichkeit kann begeistern, kann trösten nach allen Alpträumen, oder zu Boden zwingen durch Druck, Langeweile und Unmittelbarkeit.

"Komm endlich!"

Wichtig ist im Moment das Tor zum Park, unwichtig alles andere. Eine neugewonnene Freude am Sehen beherrscht mich; eine Freude auch, die inneren Bilder zu betrachten, die als Echo der äußeren in meinem Kopf entstehen. Und, wie es in solchen Fällen obligatorisch ist, sollte ich über das Leben nachdenken. DAS LEBEN, denke ich, und fühle mich wie ein Ballon, aus dem die Luft entweicht. Nein, das Leben ist nicht immer etwas, über das man nachdenken sollte, das Leben ist etwas, das man fühlen sollte. Und tun.

"Kommst du nun, oder kommst du nicht?"

Sie kam nicht. Lieber sah sie eine kleine grüne Raupe ein gezähntes Blatt fressen, fühlte deren Hunger und ihren eigenen, und dachte an schwarzes Brot, weißen Käse und rote Tomaten - weiß wie Schnee, rot wie Blut, schwarz wie Ebenholz.

Man konnte es die blaue Blume nennen, den Elfenbeinturm, die Anderwelt, Arkadien, alles passte für sie teilweise - nicht ganz - zu diesem Park.

"Bist du da angewachsen?" Sie kamen näher.

Dieser Park, dachte sie, ist so einfach, dass er mein auf komplizierte Themen ausgerichtetes Gehirn ins Leere laufen lässt, und wie angenehm das ist! Sie drückte die Klinke nieder und die Tür öffnete sich einen kleinen Spalt. Ist es denn nicht auch ein Teil des Lebens, allein mit den Göttern Zeit, Phantasie, Schönheit, Natur und Wahrheit zu ringen, um, nach der Niederlage, überwältigt zu erkennen, dass die Niederlage ein Sieg, die Hingabe ein Zurückfinden zu sich selbst ist, ein klares Erkennen dessen, was wichtig, was unwichtig ist, ein plötzliches Vertrauen in die nachtwandlerische Sicherheit der Gefühle?

Sie waren fast da.

"Können wir hinein?"

"Nein." Heimlich zog sie den Torspalt wieder zu. "Nein, ihr könnt nicht hinein."

Das rosa-weiße Puppenkleid

Eigentlich hatte ich geglaubt, dachte Doris, es wäre allzu heiß auf dem Balkon, aber jetzt finde ich es ganz erträglich hier. Die Linde gibt ein wenig Schatten und manchmal geht ein erstaunlich starker Wind, der dem alten Haus einen kleinen Ruck gibt, dass es knackt. Ja, es wird auszuhalten sein. Wo habe ich nur... Ach da ist sie ja. Die Wolle. Und die Häkelnadel. Und das schottisch karierte Puppenkleidchen zum Abmessen. Schließlich soll das Kleid auch passen.

Wird Lena sich freuen? Ich stelle mir vor, wie sie mit ihren blauen Kulleraugen zu mir hinaufsehen wird, das Päckchen in der Hand. Für mich? wird sie fragen und gleichzeitig schon das Papier aufreißen und das Puppenkleid finden. Ein rosa-weißes Puppenkleid. Und dann kommt es drauf an. Entweder sie schreit Juchhu oder wow oder was die Kinder heute so sagen, oder sie sieht mich vorwurfsvoll an und sagt: "Oma, ich bin doch schon zehn Jahre alt!"

Zuerst den Rock. Ich werde mit dem Rock anfangen, ich mache ihn glockig und weit, nehme Muschelstich - eins, zwei, drei Stäbchen, Luftmasche...

Ich glaube nicht, dass jemand für mich Puppenkleider gehäkelt hat. Meine Großmutter... sie konnte so guten Nusskuchen backen, dass der schwarzweiße Kater, der oft tagelang seine eigenen Wege ging, auf der hinteren Türschwelle saß und auf sein Stück wartete, sobald sie den Kuchen aus dem Ofen nahm. Aber Puppensachen häkeln?

Hannelore hieß meine Puppe, und ich weiß heute noch, wie sich ihr Kopf mit dem echten Haar in meiner

Armbeuge anfühlte. Weder meine Kinder, noch deren Kinder haben dieses Gefühl je vertreiben können. Hannelore hatte lange dunkle Zöpfe und einen Porzellankopf mit blauen Schlafaugen. Es war immer schön, wenn ich im Sommer allein mit dem Kater auf der Hoftreppe saß, die Puppe im Arm. Damals war ich so selten allein, dass ich es richtig genoss...

Jetzt ist ein Knoten im Garn. Ich bin zu unaufmerksam, wickle zuviel Garn vom Knäuel ab und das verheddert sich dann. Habe ich denn immer noch keine Geduld gelernt? Na also, der Knoten ist raus.

Ein Kind schreit im Garten gegenüber nach seiner Mutter. Muuuttiii! Das ist das kleine Mädchen aus dem dritten Stock. Die Mutter war doch eben noch auf dem Balkon... ja, da ist sie noch. Sie kniet und hat das Kinn auf die verschränkten Arme auf dem Geländer gelegt. Sie sieht irgendwohin, nirgendwohin, in die Ferne. Von dort aus müsste sie die bewaldeten Hügel sehen und vielleicht auch den Fluss. Oder sie sieht nur die beiden hohen Schornsteine der alten Fabrik. Kann sein, dass sie überhaupt nichts bewusst sieht und sich nur von innen betrachtet. Muuuttiii! Sie legt müde die Stirn auf die Arme und antwortet noch immer nicht.

Ich weiß, ich weiß. In ihrem Alter hatte ich auch schon drei kleine Kinder und war pausenlos beschäftigt. Ich kannte meine Pflichten und erfüllte sie meist gern. Nur manchmal, wenn ich, den Kochlöffel in der Hand, darauf wartete, dass die Milch endlich kochte, oder wenn ich beim Wäscheaufhängen plötzlich ins Träumen geriet, dann merkte ich, was die Kinder mir nahmen.

Ja, natürlich, sie gaben mir sehr viel, die Mutter in mir war zufrieden und glücklich, aber keine Frau ist nur Mutter, und so gab es in mir einen lebenshungrigen

Kobold, dem es in den Beinen zuckte, wenn er einen Tango hörte, eine Abenteurerin, die sich danach sehnte, zu reisen und irgendwelche Ruinen auszugraben, einen unausgelasteten Geist, der ganze Nächte hindurch lesen wollte und die Tage einfach nur verträumen.

Und jetzt, wo ich Zeit habe, da fehlt mir der Mut, noch etwas anzufangen, zur Uni zu gehen, ein Buch aufzuschlagen. Es liegt eine so strenge Forderung darin, dass ich mich sträube, sie zu erfüllen.

Es wird heiß und heißer. Der Wind ist noch da, aber auch er ist heiß, ein Wüstenwind, der direkt aus der Sahara stammen könnte. Nachmittags ist die Hitze hier auf dem Balkon am schlimmsten. Aber sich bei diesem Wetter ins kühle Wohnzimmer zu setzen, grenzte an Blasphemie. Wenn die Sonne einmal scheint, dann will ich das auch genießen, und wenn's mich umbringt. Morgen regnet es vielleicht schon wieder. Ich bleibe hier, bis die Sonne dort hinter dem Apfelbaum vor dem roten Haus verschwindet.

Soll ich weiße Streifen in den rosafarbenen Rock häkeln? Oder das ganze Kleid nur mit weiß absetzen? Ja, das ist besser. Das sieht feiner aus. Ein richtiges Festkleid.

Lena wird bald neun Jahre alt. Meine jüngste Tochter Lara hat jung geheiratet, genau wie ich. Meine älteste Tochter Gabi will nicht und wollte nie heiraten und Kinder haben; sie lebt mit Hund, Katze und "Lebensabschnittsgefährten" und geht ganz in ihrem Beruf auf. Das kann ich verstehen. Meine mittlere Tochter Eva wirft alle Jahre wieder alles hin, Arbeit, Wohnung, Beziehungen, um mit ihrem gesparten Geld lange durch die Welt zu reisen. Auch das verstehe ich. Ich könnte zu keiner meiner Töchter sagen, dass sie ein falsches Leben lebt. Alle drei Leben sind gut und lebenswert. Als ob ich mich in meine drei Töchter geteilt hätte und doch ganz geblieben wäre.

Jetzt, wo ich alt bin - bin ich alt? Keiner hat mir je mitgeteilt, dass ich mich als Großmutter im wesentlichen nicht von der Dreizehn-, der Zwanzig-, der Vierzigjährigen unterscheiden würde, die ich einmal war. Der Kern ist derselbe geblieben. Das Veränderliche an Körper und Geist wabert nur drumherum. Ist das nun, philosophisch betrachtet, tröstlich oder erschreckend? Mit fünfundzwanzig fühlte ich mich alt, mit dreiundsiebzig sehr jung. Mein Alter hat mir noch nie als Messlatte gedient; ich habe mich noch nie für etwas zu jung oder zu alt gefühlt. Ich fühle mich manchmal für etwas zu müde oder zu gebrechlich, aber nie zu alt - denn das ist nicht dasselbe.

So, der Rock ist fertig. Die Schere her und schnipp, der Faden ist ab. Ich häkle jetzt einen festen weißen Streifen als Bund und daran ein rosa Oberteil. Dann sieht es so aus, als hätte das Kleid einen weißen Gürtel. Ich könnte natürlich einen Gürtel extra häkeln, aber den würde Lena bestimmt verlieren. So ist es praktischer.

Jahre nachdem mein Mann gestorben war, fragte mich meine Jüngste, ob ich nicht wieder heiraten wollte. Und nachdem ich darüber nachgedacht hatte und mir klar wurde, dass die Antwort *nein* war, fühlte ich mich so frei wie seit meiner Jugend nicht mehr.

Frei, frei, frei, sagte ich mir unablässig und geriet in eine Art Rausch. Frei! Plötzlich konnte ich mich völlig unbefangen bewegen und mit allen Menschen reden, mit denen ich reden wollte. Was hatte mich nur vorher davon abgehalten? Gute Sitten? Die Leute? Jetzt hatte niemand

12

mehr irgendwelche Rechte über mich oder Ansprüche an mich. Herrlich!

Ich kann das heute noch spüren. Doch es gibt natürlich auch die frühen Morgenstunden, wenn ich nicht schlafen kann und alles auf mich einstürmt, Das Alter, Das Leben, Der Tod. Zuweilen hilft es dann, an Altägypten zu denken oder die Kelten, an die alten Römer und Griechen und Chinesen. Und ich denke, wenn all die Menschen es geschafft haben, zu leben und zu sterben, dann werde ich es wohl auch schaffen.

Die Sonnenstrahlen werden schon durch die Apfelbaumblätter gefiltert. Wenn die Sonne erst hinter dem Haus verschwunden ist, wird es kühler werden. Mir steht tatsächlich der Schweiß auf der Stirn. Und mein Sommerkleid hat bestimmt Schweißflecken unter den Armen. Schade, denn ich hätte es gern morgen früh angezogen. Ich habe eine Tour geplant; ich werde Käsebrote, Saft und Obst einpacken und zum See hinuntergehen, eine Schiffsfahrt machen und später am baumschattigen Seeufer zurückspazieren. Ganz gemütlich. Es ist herrlich, unter den großen Trauerweiden zu gehen, die ihre Zweige bis ins Wasser hängen lassen.

Die Sonne ist jetzt weg. Und auch das Kleid ist bald fertig. Nur noch das vordere Oberteil, das Zusammennähen, das Umhäkeln. Ich hoffe, Lena freut sich. Sie kann sich so herrlich, so unbändig freuen. Wenn es niemand hört, sage ich manchmal: das hat sie von mir.

Früher habe ich mich einmal wie irre darüber gefreut, dass die Wohnung im Haus gegenüber, die seit Jahren leer gestanden hatte, wieder bewohnt war. Plötzlich hingen altmodische baumwollene Scheibengardinen vor den hohen Fenstern, und jedes Mal, wenn ich hinüber sah, war es für mich, als lebte ich am Mittelmeer. Das habe ich nie jemandem erzählt. Auch meinem Mann nicht.

Es gibt so viele Dinge, die ich ihm nie gesagt habe, weil ich, oft aus Erfahrung, wusste, dass er sie nicht verstehen würde. Und heute frage ich mich, ob ich nicht einfach zu feige war, mich seinem Unverständnis zu stellen und dagegen anzurennen - aber um was zu erreichen? Eine neue Art von Kommunikation? Kann sein, dass es das wert gewesen wäre. Man lernt mit der Zeit, mit dem Gefühl: *zu spät* zu leben, aber leicht ist das nicht.

Nun beginnen die Häuser aufzuwachen. Den ganzen Tag über waren Fenster und Jalousien vor der Hitze geschlossen; jetzt sind sie weit geöffnet und es erklingen Stimmen, Musik und das Geklapper von Geschirr und Bestecken. Auch mir knurrt der Magen, wenn ich an Leberwurstbrote, Gewürzgurken und kalten Tee denke. aber ich kann mich nicht losreißen. Es ist zu schön, den Abend zu betrachten. Schwalben fliegen ums Haus; sie kommen oft genau auf mich zu und ändern erst im letzten Augenblick ihren Kurs und sausen links an mir vorbei oder steil hinauf zum Dach. Ich werde wieder einmal die Achtuhrnachrichten verpassen und auch den Anfang des Spielfilms.

So, fertig. Es sieht gut aus, das Kleidchen. Die Fäden sind vernäht und da liegt es nun. Lena wird sich bestimmt freuen.

Sand

Leise drehte Rosi den Schlüssel im Schloss und sie schlichen sich ins Haus. Sie knipsten das Licht nicht an, hängten die Jacken tastend auf einen Garderobenhaken und streiften die Schuhe von den Füßen, ohne die Schnürbänder zu lösen. Deutlich spürten sie den Sand in den Strümpfen, zwischen den Zehen. Einen Augenblick standen sie und horchten, betrachteten das bläulich flackernde Licht, das durch die Scheibe in der Wohnimmertür drang. Der Fernseher war eingeschaltet. Natürlich. Schließlich lief er jeden Abend, warum also nicht heute? Rosi fasste Viktorias Arm. Ganz langsam, auf Strümpfen, versuchten sie, an der Glastür des Wohnzimmers vorbei in die Küche zu gelangen, ins Esszimmer, ins Bad, irgendwohin...

"Seid ihr das?"

Sie sahen sich an.

"Nein", sagte Viktoria.

"Ja!" rief Rosi und öffnete die Wohnzimmertür.

"Ihr seid zu spät", sagte Klaus, ohne den Blick vom Bildschirm zu lösen, "der Blonde da hat was mit Rauschgift zu tun und der in dem grauen Pullover..."

Viktoria hörte nicht zu. Sie sah Klaus im Sessel sitzen, die Zigarette in der linken, das Bierglas in der rechten Hand. Im Schatten des Tisches hockte Marcel auf dem Teppich, das Kinn auf die angezogenen Knie gestützt. Die Luft war zum Ersticken - ja, sie würde ersticken, die Wärme, die Enge, der Rauch...

Und doch lächelte sie. Sie konnte es nicht unterdrücken. Sie setzte sich in eine Ecke der Couch. Ihre Augen konnten sich nicht auf das Zimmer einstellen, stießen sich immer wieder an den Möbeln, den Wänden, der Helligkeit, bis sie sich, blicklos ins Weite starrend, auf der nachtschwarzen Fensterscheibe ausruhten. Ihr Gesicht brannte, glühte noch von Weite und Abendwind. Sie sah nicht zu Rosi hinüber, doch sie wusste, dass auch sie lächelte. Beide grinsten sie wie kleine Mädchen, die mit sanften, gierigen Augen und süß verschmierten Mündern von einem verbotenen Gang zum Kühlschrank zurückkamen.

Sie hatten es genossen, sie beide, niemand sonst, mit keinem wollten sie teilen, mit keinem konnten sie teilen.

Sie hatten einen langen Abendspaziergang gemacht.

Wenn man aus dem Haus trat, merkte man es schon. Es lag nicht nur daran, dass es kühler geworden war und dass Fensterscheiben von der untergehenden Sonne golden getönt wurden. Das Land war ein anderes geworden, das Meer war ein anderes geworden.

Der fröhliche, stürmische Wind, der die Sonnenhitze so angenehm gekühlt hatte, war jetzt schwächer, und wenn er am späten Nachmittag noch einer Reihe von Ausrufungszeichen geglichen hatte, auf den von Meerwasser umgischteten Körper geworfen, war er nun ein Fragezeichen, ein paar Gedankenstriche, drehte hier und da behutsam ein paar Pappelblätter um und zitterte manchmal in den mit Rosen hellrosa betupften Sträuchern.

Über allem lag das Licht der untergehenden Sonne; über dem Deich und den wolligen Schafen, über den Dünen, dem Strand und dem Watt. Ein leuchtender Bernsteinton mit viel Orange und Gold und einem winzigen Hauch des zartesten Violetts. Und so hatte das

Gras ein ganz besonderes Grün, die Schafe ein ganz besonderes Gelb-Weiß und der Sand ein ganz besonderes helles Beige.

Den beiden Frauen, die Arm in Arm durch die Dünen gingen, tönte das verschwenderisch ausgegossene Licht Haut und Haare so vorteilhaft, wie es keinem Puder, keiner Koloratur je gelungen wäre. Am Strand angekommen, zogen sie die Schuhe aus. Lachend über den weichen Sandstrand zum Ufer stapfend, wirkten sie, als freuten sie sich, so hübsch zu sein an diesem Abend.

"Gestern hat es noch geregnet", sagte die rundliche Frau in rehbrauner Jacke, "aber seit du angekommen bist, ist das Wetter schön."

Das war heute gewesen, am frühen Nachmittag.

"Was hast du gedacht, als du mich vorhin auf dem Bahnsteig gesehen hast? Hast du gedacht, wie alt sie geworden ist und wie vernünftig?"

"Weder das eine noch das andere."

"Nein?" Rosi seufzte. "Aber dicker bin ich geworden."

"Das steht dir gut."

"Klaus sagt, ich brauchte mich nur zu beherrschen, und eine Diät soll ich machen."

Sie ließ Viktorias Arm los und schloss den Kofferraum auf.

"Schicker Wagen, was?" sagte sie liebevoll spöttisch, während Viktoria ihre Reisetasche hineinwuchtete. "Fiele auseinander, wenn der Lack ihn nicht zusammenhielte."

Sie stiegen ein. Rosi setzte sich hinter dem Steuer zurecht, streifte die Schuhe von den Füßen und zog den Rock bis über die Knie hoch. Viktoria lächelte.

"Du fährst immer noch barfuss?"

"Ja. Klaus sagt, das wäre nur eine dumme Angewohnheit und außerdem gefährlich."

"Klaus scheint viel zu sagen, wenn der Tag lang ist." Viktorias Stimme war unwillkürlich schärfer geworden, sie war es nicht gewöhnt, dass Rosi sich um die Meinung anderer scherte.

"Du kennst ihn doch nicht einmal!"

"Nein, Ich weiß. Tut mir leid."

Viktoria wandte unbehaglich den Kopf ab, sah aus dem Seitenfenster. Einfamilienhäuschen reihte sich an Einfamilienhäuschen, alle spitzgiebelig, hell, ordentlich, mit derart gepflegten Vorgärten, dass die Blumen und kleinen Tannen aussahen, als wären sie aus Plastik. Man sah kaum noch *Zimmer frei* Schilder in den Fenstern. Die Hochsaison hatte begonnen.

"Heiß ist es", murmelte Viktoria und setzte sich bequemer, entspannte sich. "Wie geht es Marcel?"

"Ganz gut, nur - " Rosi trat auf die Kupplung, schaltete, "ziemlich schwieriges Alter. Dreizehn."

"Dreizehn", wiederholte Viktoria abwesend.

Mit dreizehn war sie zum ersten Mal verliebt gewesen, natürlich unglücklich. Und mit sechzehn hatte sie den letzten freien Sommer mit Rosi verbracht. Sie waren an den Wochenenden weit hinausgefahren mit Rosis erstem kleinen Auto. Ein Jahr später hatte Rosi geheiratet und war ans Meer gezogen.

"Dreizehn! Ich kann mit Dreizehnjährigen nicht umgehen! Man verletzt sie so schnell - oder sie beißen um sich und verletzen andere. Ich fürchte mich vor ihnen."

"So schlimm wird es nicht werden." lachte Rosi. Sie hielt an einer roten Ampel. "Er wird..." sie betrachtete

Viktoria von Kopf bis Fuß, "er wird sich in dich verlieben."

"Oh, noch schlimmer, bitte nicht. Ich könnte seine Mutter sein!"

"Er wird vor deinem Fenster Balladen singen."

"Da kennst du aber die Jugend von heute schlecht. Außerdem hat das seit ein paar Jahrhunderten keiner mehr gemacht."

"Und du?" fragte Rosi, deren gute Laune plötzlich überschattet war, "kennst du die Jugend von heute?"

"Nein."

Die Ampel schaltete auf Grün, Rosi fuhr wieder an. Sie sah nachdenklich aus.

"Es ist Jahre her, dass mir jemand gesagt hat, dafür bist du zu jung. Jetzt bin ich immer nur zu alt."

Viktoria erwiderte nichts. Die fünf Jahre Altersunterschied zwischen Rosi und ihr, die früher spürbar gewesen waren, schienen restlos zusammengeschrumpft zu sein. Sie wusste, was Rosi meinte, aber es lohnte nicht, darüber nachzudenken. Sie war frei, sie hatte Urlaub, es war schönes Wetter. Sie hob aufatmend den Kopf.

"Man kann dem hier nicht entgehen", sagte Rosi.

"Wem?"

Rosi deutete auf die Fußmatten.

"Dem Sand. Ich dachte, da hättest du hingesehen."

"Nein, ich war nur in Gedanken."

Viktoria drehte den Kopf gerade noch rechtzeitig zur Seite, um eine einsame große Kastanie auf einer Wiese stehen zu sehen. Davor ein Pferd, schneeweiß, ein Schimmel, der einen Schatten warf - einen Schatten? Worauf? In der grünen Baumdüsterkeit ein so tiefschwarzer Schatten? Nein, kein Schatten, noch ein

Pferd, ein schwarzes, ein Rappe! Verblüfft und amüsiert wollte sie Rosi sagen: sieh mal da! oder: halt mal an! aber da war es schon vorbei, die Wiese, der richtige Moment, das Originelle, alles vorbei. Matt faltete sie die Hände im Schoß.

"Du bist müde von der Bahnfahrt", sagte Rosi nach einem kurzen Seitenblick. "Wir sind gleich da. Siehst du da vorn die rote Giebelspitze? Das ist unser Haus."

Jeder Schritt machte grobe Vertiefungen in den Sand, in die sofort scharfe, dunkle Schatten sprangen, und warf kleine, besonnte Hügelchen auf, die der Wind wieder glätten würde. Am Ufer wurde der Sand fester und feucht. Eine wellige Spur von Treibholzstückchen, Tang und zerbrochenen Muschelschalen zeigte den Stand an, den die Flut am Nachmittag erreicht hatte.

Man fühlte die Weite um sich so deutlich, dass einem beinahe schwindlig wurde. 'Dieses grenzenlose Watt!' war man versucht zu denken, obwohl man wusste, dass es Grenzen hatte, obwohl man schon undeutlich die roten, grünen, weißen Lichter sah, die weit draußen die Fahrrinne markierten - dort war das Watt definitiv zu Ende.

Die beiden Frauen gingen am Strand entlang. Sie sprachen nicht viel. Sie machten lange, lockere Schritte, als wären sie an Fußwanderungen gewöhnt.

"Schön..." sagte die in der blauen Jacke leise und schob sich eine Haarsträhne aus der Stirn. "Es ist so schön hier..."

Rosi parkte den Wagen auf einem winzigen, heckenrosenumstandenen Parkplatz.

"Das Haus...Das Haus hat alles, was es haben muss, siehst du? Wintergarten. Terrasse. Balkons. Parkplatz. Siehst du?"

"Ja."

"Vielleicht sollte ich die Fenster streichen...Oder die Blumenkästen...Dann wirkt es bestimmt...ich weiß nicht...freundlicher oder so. Warum sieht es nur so...hoffnungslos aus?"

"Du fragst das so erstaunt, als sähst du das Haus zum ersten Mal im Leben."

"Das tue ich auch - gewissermaßen. Ich bin daran gewöhnt, sehe es nie bewusst; nur wenn Besuch kommt, dann stelle ich mir vor, ich wäre er, und das Haus sieht hoffnungslos aus."

"Rote Ziegeldächer sind doch nie hoffnungslos."

Viktoria zerrte die Reisetasche aus dem Kofferraum und Rosi öffnete die Haustür.

"Garderobe...Esszimmer...Küche...Wohnzimmer...Bad. Oben Schlafzimmer, noch ein Bad, Fremdenzimmer - dein Zimmer! - Marcels Zimmer."

Viktoria ging wie verzaubert durch die Räume. Möbel, Bilder, Vorhänge, alles war sehr konservativ, sehr beige-braun, doch die Wohnung hatte, unbeabsichtigt, da war sie sicher, eine faszinierende Ausleuchtung, ein reizvolles Licht-und-Schatten-Spiel, das man mittels zweier Spiegel im eigenen Gesicht verfolgen konnte. Sie kam aus der Helligkeit des Sonnentages in die Dunkelheit des Flurs. Mit einem grünlichen Schleier vor den noch sonnengewohnten Augen sah sie sich im Garderobenspiegel; Licht fiel noch hell auf ihre linke Gesichtshälfte, während die rechte im Schatten lag. Sie schloss die Eingangstür, der Schatten siegte, ihr Gesucht war nur noch ein elfenbeinfarbener Fleck in grünbräunlichem Dunkel. Rosi öffnete eine andere Tür, und ihre rechte Gesichtshälfte bekam Licht und Farbe...

Viktoria wurden diese Beobachtungen auch im oberen Stockwerk nicht langweilig. Öffnete Rosi eine Südseitentür, fielen breite, fast stofflich anmutende Sonnenbahnen in den Korridor, blitzten Spiegel auf und Blumenvasen; machte sie eine Nordseitentür auf, herrschte ein klares, kühles Licht vor, als läge Schnee draußen.

"Das ist herrlich", sagte Viktoria öfter, mehr zu sich selbst als zu Rosi, "wunderbar."

Rosi kümmerte sich nicht darum. Ihre kräftigen kleinen Füße trugen den mollig gewordenen Körper unbeeindruckt weiter den Gang entlang.

"Und dies ist dein Zimmer. Das Fremdenzimmer. Südbalkon. Ein winziges Badezimmer."

Viktoria sah sich um. Natürlich, in einem Fremdenzimmer musste die Schönheit dem Praktischen weichen, und vielleicht waren beige-braune Farbtöne ja auch praktisch. Sie warf sich auf das frisch bezogene Bett und sah zur Lampe hinauf, die aus drei Strahlern bestand und wie eine Gasmaske aussah.

"Herrlich", sagte sie wieder und lachte, "herrlich, herrlich, wunderbar!"

"Dummie", sagte Rosie, "du solltest deine Tasche auspacken, und - hast du keinen Hunger?"

"Doch."

"Na also. Wir essen, wenn Marcel aus der Schule kommt." Die Türklinke schon in der Hand, drehte sie sich noch einmal um. "Pack die Tasche aus, sonst verknittern die Kleider noch mehr."

"Noch mehr als was?" rief Viktoria ihr nach, doch sie erhielt keine Antwort.

Sie verschränkte die Arme hinter dem Kopf und schloss die Augen. Von draußen hörte sie den unermüdlichen Wind, der in den Blättern raschelte und durch die Fensterritzen blies.

Vielleicht war doch noch alles gut. 'Pack die Tasche aus, damit die Kleider nicht verknittern!' hatte Rosi gesagt, und es war alles wieder beim Alten. 'Alt geworden... zu dick... dumme Angewohnheit... hoffnungsloses Haus...' und das alles in einem unsicheren, entschuldigenden Tonfall - das war doch nicht Rosi! Nicht die Rosi, die ihren Wagen sicher und gewandt und, jawohl, barfuss durch schwierigstes Gelände steuerte und dabei laut über die Relativitätstheorie nachdachte. Nicht die Rosi, die selbstsicher ihren ganz eigenen Dickkopf hatte. Nicht die Rosi, die sie umsprungen hatte wie ein Pinscherwelpe eine deutsche Dogge, deren Tyrannei sie gern geduldet hatte, von der sie sich führen und leiten ließ, in deren Kielwasser sie selig und verantwortungslos geschwommen war.

Viktoria öffnete die Augen und sah zu der gasmaskenförmigen Lampe hinauf, die sie anzustarren schien wie ein bösartiges Insekt. Dann raffte sie sich mit einem Ruck auf, um ihre Tasche auszupacken. Sie sorgte sich nicht um ihre Kleider, sie unterwarf sich lediglich Rosis Autorität. Und sie tat es schnell, ohne Widerstand und freudig, weil sie vermutete, dass es das letzte Mal sein würde.

Im Gegensatz zum Watt war der Himmel garantiert grenzenlos. Und jetzt, da die Sonne untergegangen war und nur noch einen Streifen Horizont und ein paar Wolken goldorange anhauchte, war der Himmel so grenzenlos wie niemals am Tage und auch nicht in der Nacht. Vereinzelt schwebten tief hängende Wolken über den blassblauen, helltürkisen Himmel und spielten Verstecken mit dem Abendstern. Im Westen schimmerten flache Wattentümpel golden wie verwunschene Inseln.

Das weiche Knirschen des feuchten Sandes unter den Füßen wurde härter, schärfer, wurde zum Krachen und Knacken, wenn man vor einer Buhne anlangte, vor der die Wellen in sanftem Halbrund Muschelschalensplitter aufgehäuft hatten und winzige Schneckenhäuschen, Steine, Hölzchen und Möwenfedern. Die Muschelschalen waren klein und rosa, gelb, blau, und es gab größere, weiß und gerippt, oder oval und fast schwarz.

Die beiden Frauen bückten sich hier und da, griffen nach Muscheln und Steinen, zeigten sich gegenseitig ihren Fund und steckten ihn in die Jackentasche oder ließen ihn wieder in den Sand fallen.

"Naschkatze!" sagte Rosi, als Viktoria sich mit zwei Fingern eine dicke Erdbeere aus der Schale nahm. "Kannst du nicht warten?"

"Nö." Viktoria zuckte innerlich zusammen. War das die Rosi, deren Mahlzeiten genial improvisierte Buffets gewesen waren, die völlig zwanglos den Nachtisch auch mal zuerst gegessen hatte?

"Wer nascht hier?" fragte eine Stimme von der Küchentür und Marcel kam herein.

"Ich", sagte Viktoria. Sie durfte jetzt auf keinen Fall sagen: was bist du groß geworden, oder: wie läuft es in der Schule oder was sonst noch auf dem Index aller Jugendlichen aller Zeiten stand. Und was vor Jahren noch lustig gewesen war, war unmöglich geworden: ihn in die Arme zu nehmen und scherzhaft 'Putzilein' zu nennen.

Er setzte sich ihr gegenüber an den Tisch. Er war braun gebrannt und hatte erstaunlich helle Augen, wenn man bedachte, dass Rosi braunäugig war. Viktoria fand, dass er etwas Gieriges hatte; er war gierig auf irgendetwas oder gierig auf alles. Selbst eine Zurechtweisung von Rosi schien ihn eine Weile zufrieden zu stellen. Dann begann er wieder unruhig den Kopf zu wenden, mit dem Besteck zu spielen und zog sich geheimniskrämerisch hinter den Schutzwall seiner zeitweiligen jugendlichen Ungeselligkeit zurück.

"Ist...Klaus noch nicht da?" fragte er zögernd.

"Er kommt heute Mittag nicht. Er - "

"Oh, gut!" Marcel wartete die Erklärung nicht ab, er häufte sich den Teller voll und begann zu essen. Er beteiligte sich nicht am Gespräch. Er hörte nicht einmal zu. Der Blick seiner Augen war leer, als betrachtete er sich von innen. Nur manchmal schlug die Leere um in verstörte Leidenschaftlichkeit, etwas schien ihn zu erschrecken, auch wenn er nur auf einen gehäkelten Topflappen blickte.

"Und jetzt", Viktoria schob den Teller zurück, "gehen wir an den Strand. Schwimmen."

"Mit vollem Magen soll man nicht schwimmen gehen. Und das Wasser ist noch zu kalt. Nach dem Regen gestern und überhaupt. Nächste Woche vielleicht, wenn das Wetter hält..."

"Früher, Marcel, hat deine Mutter gläserweise kaltes Wasser getrunken, nachdem sie Pfirsiche und Kirschen gegessen hatte, nur um mal zu sehen, was passiert. Sie hat sich im dünnen Pullover in den Schnee geworfen, um einen 'Adler' zu zeichnen. Einmal hing sie im Wald an einem Steilhang fest, konnte nicht vor und zurück, weil sie eine 'Abkürzung' ins Tal nehmen wollte."

"Hör auf! Okay, okay, wir gehen schwimmen." Rosi gewann ihre Autorität zurück. "Lauft, lauft, zieht euch um, holt eure Sachen, worauf wartet ihr? Wer als letzter fertig ist, spendiert ein Eis!"

Rosi selbst war die Letzte. Als Marcel schon draußen in der Sonne stand, die Badetasche verkrampft unter den Arm geklemmt, trat Rosi zu Viktoria in den Flur. Fahrig zupfte sie am Saum ihrer Bluse, rückte den Rockbund vor dem Spiegel zurecht.

"Meinst du...Kann ich so gehen?"

"Klar. Sicher, Sieht doch gut aus."

Viktoria fühlte sich hilflos. Ihr Felsen von Gibraltar wackelte erneut. Alte Ordnungen waren aufgehoben, nichts war mehr, was es gewesen war. Früher hatte es Rosi nie gekümmert, was andere von ihrem Outfit hielten. Jetzt stand sie mit hängenden Schultern mutlos im Flur, bis Viktoria sie bestimmt aus dem Haus schob.

Flinke Möwen mit aufmerksamen Augen und spitzen Flügeln zogen über das Watt, schwebten hinauf und hinunter, weißgrau vor der dunkelnden Himmelsbläue. Ihre vereinzelten Rufe, die so sehr nach Meer und Wind klangen, erweckten wie immer eine unstillbare Sehnsucht. Man hatte einerseits das Gefühl, tief gläubig zu sein und einen allmächtigen Gott demütig anzubeten, andererseits fühlte man sich selbst den unsterblichen Göttern zugehörig, es brauchte ja keiner von den großen zu sein, ein kleiner, der für eine Düne oder für das Violett im Sonnenuntergang zuständig war, reichte vollkommen aus.

Die Frauen sprachen nicht mehr. Manchmal blickten sie sich an und lächelten.

"Elf, Faun, Wechselbalg."

" Was?"

Viktoria deutete mit den Augen zu Marcel hinüber, der mit einem Fernglas den Horizont absuchte.

"Er", sagte sie und drehte sich auf den Rücken. "Mit dreizehn ist man halb Mensch und halb Fabelwesen. Wir wissen, dass der Mensch siegt, aber er weiß es noch nicht. Und wenn er es wüsste, wäre es ihm recht?"

Von diesem Gedanken begeistert, richtete sie sich auf.

"Was wären wir wohl geworden, wenn wir statt der menschlichen die Fabelwesenseite gewählt hätten?"

Rosi grub die Hand tief in den Sand, schaufelte einen kleinen Hügel, der ihr als Kopfkissen dienen sollte, und legte das Badetuch darüber. Sie reagierte nicht auf die Frage.

"Er ist also ein Fabeltier?"

"Ein Zauberwesen, fremder als fremd."

"Fremd", murmelte Rosi, als sie sich zurechtlegte.

"Ja. Fremd. Und die Schönheit liegt gleich um die Ecke. In zehn Jahren könnte er richtig schön sein."

"Und in zwanzig Jahren?"

"Trauert er ungelebtem Leben nach."

"Was?"

"Kann doch sein."

"Nein." Rosi legte einen Arm über die Augen, sprach müde, fast tonlos. "Die beste Zeit *meines* Lebens liegt jedenfalls noch vor mir. Das muss ich einfach glauben."

"Das kann doch auch durchaus sein", stimmte Viktoria sofort zu.

"Das ist so blöd", sagte Rosi in völlig verändertem Ton, "da wühle ich im Sand und jetzt knirscht er mir unter den Nägeln. Es gibt nichts, was ich mehr hasse, als Sand unter den Fingernägeln."

"Marcel mag ihn nicht."

"Den Sand?"

"Klaus."

"Er zieht seinen Vater vor, das ist doch nur natürlich."

"Siehst du ihn noch?"

"Marcel sieht ihn noch."

Viktoria schloss die Augen. Die Sonne glühte rot durch ihre Lider. Sie wusste, dass sie einen Sonnenbrand bekommen konnte, doch sie ließ es geschehen. Sie wollte sich jetzt nicht bewegen. Heute Abend würde ihr ein wenig heiß und fiebrig zumute sein, wenn sie sich zwischen die kühle Bettwäsche schob. Das Wellenrauschen wurde leiser, als sich das Meer zurückzog und den gerippten Wattenboden freilegte. Viktoria ließ eine Handvoll Sand durch die Finger rinnen. Einen Augenblick konnte sie sich nicht fassen bei dem Gedanken an die lange Zeit, die Steine zu feinkörnigem Sand zermahlen konnte - doch ehe sie diese Tatsache weiter ausspinnen, die Wahrheit und Größe in Worte fassen konnte, glitt sie ihr mit dem Sand aus den Fingern. Es blieb ein dumpfes Verharren, ein Abgleiten in die Gedankenlosigkeit, von der es nur ein kleiner Schritt war bis zum Dösen zwischen Schlaf und Wachen.

Man machte die Augen schmal, schloss sie dann und wann. Der Geruch nach Tang und Salz und Abend, nach Meer, Fisch und nassem Holz erfüllte die Luft. Diese kühle, klare Luft, an der man sich berauschen konnte. Mehr, mehr, forderte jeder Atemzug. Dann setzte man sich auf einen großen Stein; man fühlte den Sand zwischen den Zehen, den Sand unter den Händen, den Sand sogar in den Haaren, die windzerzaust und wirr um die Schultern hingen.

Je dunkler es wurde, um so mehr Sterne blinkten auf, um so heller strahlten die Positionslampen und Leuchtfeuer. Deutlich hörte man das Stampfen und Tuckern der Schiffsmotoren. Dort zogen sie vorbei, die großen Tanker, die kleinen Kutter, die Fähren, Container- und Lastschiffe. Und man hörte einfach nur zu, war zufrieden, hatte warme, weit geöffnete Hände und eine kalte Nase in der Nachtluft.

Die Frau in der braunen Jacke stand aufrecht da, die Hände in den Taschen und sah auf das Meer hinaus. Die andere saß hinter ihr auf einem Stein und summte leise ein Lied vor sich hin.

Viktoria öffnete die Balkontür und trat ins Freie. Mit ernstem Gesicht und düsterem Blick befühlte sie das Badetuch auf dem Wäscheständer, nahm die Klammern ab und faltete es zusammen. Dann ging sie hinein und bald darauf kam Rosi ohne vorheriges Anklopfen ins Zimmer.

"Nun sag schon!"

Viktoria sah sie nur fragend an, ihre Augenbrauen verschwanden unter dem hellbraunen Pony.

"Sag schon, was du gegen ihn hast." Rosi machte eine fahrige Bewegung mit dem rechten Arm.

"Aber ich habe kein Wort..."

"Meinst du, ich bin dumm? Meinst du, ich kenne dich nicht mehr? Du hast etwas gegen Klaus." Sie nahm ein Kissen vom Bett und drückte es an sich. "Verlangst du mal wieder zuviel? Was stört dich denn an ihm? Dass er nicht aussieht wie ein Traumtyp? Nein, ich weiß, das ist es nicht, so bist du nicht, warst du noch nie...Erinnerst du dich, dass du von Marcels Vater immer behauptet hast, sein Charakter hätte ein Skelett aus Wellpappe?... Wieso eigentlich Wellpappe?...Aber ihn mochtest du, trotz Wellpappenskelett. Und Klaus..."

Während sie redete, fröstelte sie nervös und hielt das Kissen an sich gepresst, streichelte es unbewusst mit den Fingern, den Daumen, liebkoste es wie ein vertrautes Wesen, einen Hund, eine Katze. Viktoria kannte diese unbewusste Geste, dieses Umgreifen eines Kissens, einer Decke oder Jacke, das Festhalten und Drücken und Streicheln, das manchen Frauen eigen war.

"Und Klaus...Er ist häuslich. Er ist höflich. Er ist treu. Und er liebt mich. Er hilft mir, wo er nur kann..." Rosi machte eine Bewegung, als wollte sie das Kissen von sich schleudern, überlegte es sich anders und presste es wieder zusammen. "Du magst keine blonden Männer. Ist es das? Magst du ihn nicht, weil er blond ist? Das wäre doch lächerlich. Weil er blond ist..."

Sie drehte sich um und schleuderte das Kissen nun doch auf das Bett.

"So viele Frauen wären froh..." sie brach ab, versuchte es anders, "Glaubst du, das wäre einfach für ihn gewesen? Marcel war neun, als ich ihn kennen lernte..."

Rosi fasste Viktorias Schulter, drehte sie herum, dass sie sie ansehen musste.

"Ja, was verlangst du denn noch?"

"Vielleicht", sagte Viktoria hilflos, "dass es dir egal ist, was ich von ihm halte."

Man riss sich nur schwer los von der nicht endenden Zeit, man trennte sich nur zögernd vom endlosen Weg. Doch schließlich kehrte man um, suchte zwischen Sand und Sternen seinen Heimweg. Vielleicht tastete man schon einmal nach dem Hausschlüssel in der Jackentasche, dachte an einen heißen Grog oder eine Nudelsuppe. Und immer wieder drehte man sein Gesicht in den Wind, sah auf das Meer, sah zu den Sternen, lauschte...

Der Spielfilm war zu Ende. Stumm lief ein langer Nachspann, der nur Marcel interessierte; aufmerksam verfolgte er Namen für Namen.

Klaus griff nach dem Bierglas, leerte es, stellte es auf den Wohnzimmertisch zurück.

"Wo wart ihr eigentlich so lange?"

"Spazieren", sagte Rosi mit niedergeschlagenen Augen, als erzähle sie eine faustdicke Lüge.

"Nur spazieren?" sagte er abfällig und lachte. "So was würde außer dir auch keinem einfallen."

"Mir zum Beispiel", sagte Viktoria ruhig. Sie wechselte einen Blick mit Rosi. Sie wussten nicht genau warum, aber sie schämten sich. Für ihn.

Freier Nachmittag

Viktoria stieg die vier steinernen Stufen empor, öffnete und schloss die Tür leise. Sie blieb nicht stehen, um sich umzusehen, mit unsicherem Blick, ihren Jugendfreund oder den richtigen Tisch zu finden, um dann, plötzlich sicher, durch die Halle zu gehen. Sie trudelte herein wie ein Stück Treibholz im langsam strömenden Fluss, gleichgültig und losgelöst.

Sie ist meine alte Freundin, dachte Gerd, und ich mag sie gern, doch wenn ich sie jetzt sehe, in ihrer Verinnerlichung, die noch neu an ihr ist, in ihrer Gleichgültigkeit, packt mich ein ärgerliches Gefühl. Sie hat den Hochmut, mich, uns alle zu übersehen, uns als unwichtig abzustempeln, uns zu wiegen und für zu leicht zu befinden.

Er war kühl zu ihr und fast unhöflich knapp; er sah, dass sie das verletzte und bereute es, wollte sich entschuldigen und nett und freundlich sein, doch sie war schon gegangen, war schon fort.

Mit ernstem Gesicht tippte er etwas in den Computer (tatsächlich war es *Hier starb ein Genie,* der Spruch, den er schon mit zwölf Jahren in einen Tisch im Chemiesaal seiner Schule eingeritzt hatte) um wichtig und beschäftigt auszusehen. Ich rede mir ein, dachte er, dass man mich hier braucht und dass ich unersetzlich bin. Wenn ich mir das nicht einredete, so wären vielleicht eines Tages meine Fluchtimpulse größer als meine Existenzangst und ich begänne ein anderes Leben.

Mein jetziges Leben (Job, Freundin, Auto, Wandern, Internet) bleibt sich ständig gleich. Ein Tag beginnt, wie alle Tage beginnen, und ich finde nie rechtzeitig aus dem

Bett, um mich lange Zeit im Badezimmerspiegel zu betrachten, nach mir zu forschen in dem unrasierten Gesicht mit dem leeren Blick und den gehetzten Zügen. Außerdem riecht eine solche Szene zu sehr nach Hollywood-Klischee.

Manchmal hatte ich einen Traum, dessen warme Erinnerung ich mir zurückrufe, als drehte ich eine warme Dusche auf: sie rieselt auf mich herab und bringt mir eine Intensität der Gefühle, die ich im wirklichen Leben nie erfahre. Mag sein, dass ich vom Sommer geträumt habe oder einfach davon, glücklich zu sein. Oft sind es Dschungel, die ich durchquere, Berge, die ich besteige oder Meere, deren Wellen mich wiegen (ich bezwinge Berge und kämpfe mich durch Dschungel, aber Meere behüten mich, Meere lieben mich), Samt oder Stahl fühle ich in meinem Körper, wenn ich erwache, und ich gleite durch den Tag wie durch Wasser oder werfe mich dagegen wie gegen ein feindliches Heer.

Eine schmucklose runde Uhr hing zwischen den hohen Fenstern, eine gleichgültige, technisch perfekte Uhr, die jeder mit anderen Augen ansah. Mist, dachte der Geschäftsmann, schon so spät, und er klappte seinen Aktenkoffer auf, stopfte ein Formular hinein und klappte ihn wieder zu. Er sagte danke und auf Wiedersehen und rannte fast zur Tür hinaus, einen letzten Blick auf die Uhr werfend, die ihm zeigte, dass er nun endgültig zu seiner Verabredung zu spät kommen würde. Mist, dachte die blonde Frau hinter dem Schalter, erst so früh, und sie war müde und sehnte sich nach dem Feierabend. Nach einem langen Bad würde sie sich im Schlafanzug vor den Fernseher setzen und einen alten Film sehen, einen schwarz-weißen, amerikanischen, mit Cary Grant, Jane Russel oder Gary Cooper.

Gerd betrachtete die Uhr als einen Feind, der ihm höhnisch grinsend zeigte, wie lang Minuten sein können, wenn man auf den Stundenschlag wartete, der einem die Welt öffnen würde - es war sein freier Nachmittag. Er überlegte, wohin er diesmal fahren, was er diesmal sehen wollte, Wälder oder Flüsse, Berge, Heide oder Seen.

Selbst wenn jetzt ein Überfall stattfände, dachte Gerd, jetzt, in diesem Moment, ich würde weiterhin auf den schwarzglänzenden Sekundenzeiger starren, der die letzten Minuten bis zu meiner Freiheit vertickt. Skimützenmaskierte Bewaffnete stürmten herein, doch ich würde sie nicht beachten, sondern richtete das bisschen Aufmerksamkeit, dass ich in diesem Stumpfsinn noch finden kann, auf die Uhr, einen Punkt völlig außerhalb des Geschehens.

Das erinnert mich an jenen Ballettabend, als ich der Handlung in kindlicher Entrücktheit folgte, bis ich eine Perle auf dem Bühnenboden liegen sah, eine große, runde Perle, die sich aus dem Kopfschmuck der guten Fee gelöst hatte. Und von da an konzentrierte ich mich auf diese Perle; ich wollte es nicht und konnte nicht anders. Tänzer und Tänzerinnen hüpften und sprangen und schritten würdevoll, und ich wartete nur auf den Moment, in dem einer von ihnen auf die Perle treten würde, die dort auf dem Boden lag wie die sprichwörtliche Bananenschale. Doch niemand bemerkte sie, außer mir, der ich mir damit den Abend gründlich verdarb.

Gerd spielte ein Spiel, sein Spiel, das er erfunden hatte, um unangenehme Zeitspannen zu überbrücken. Die Zeit in Wartezimmern zum Beispiel, oder die Zeit bis zum Einlaufen eines Zuges, die Zeit an einem Ampelübergang. Er suchte einen belanglosen Gegenstand - jetzt war es ein Bleistift, der auf seinem Schreibtisch lag

- und assoziierte einfach drauflos. Der Griffel in seiner ungelenken Kinderhand; gab es heute eigentlich noch Griffel?; ein merkwürdiges Wort: Griffel, hörte sich irgendwie mittelalterlich an; er würde heute Abend eine etymologische Suche starten. Er liebte die Etymologie. Um nichts in der Welt hätte er darauf verzichten wollen, zu wissen, woher die Bezeichnung *Fata Morgana* für eine Luftspiegelung stammte und warum Jalousien Jalousien hießen.

Viktoria bezeichnete mich immer als Schwamm, erinnerte sich Gerd, ein Schwamm, der überquoll von Worten und Wissen. Ich belächelte Freunde und Bekannte, die nur Abenteuerromane und Krimis lesen; ich lese sie auch, aber nur zwischendurch, nur nebenbei; sie sind mir wässrige Limonade zwischen Nahrhaftem, Gutem. Ich belächelte meine Freundin Gabi, die, wenn überhaupt, Liebesromane liest und verglich sie mit Viktoria, die ich von klein auf antraf mit Büchern in den Händen.

Wir sprachen viel über Bücher damals. Wir waren uns einig, dass es Autoren gibt, die von innen nach außen schreiben und jene, die sich mit einer Harke zusammenrechen, was sie für ein Buch brauchen. Beides kann sowohl gut als auch schlecht ausgehen für den späteren Leser... Oft standen wir in der Bibliothek - die eigentlich nur ein Wohnzimmer mit Bücherregalen war, Viktoria aber bestand auf der Bezeichnung Bibliothek, weil, sagte sie mir, sommersprossig, zehnjährig und mit Rattenschwanzzöpfen, Bibliothek vertrauter klingt - und versuchten, an den ledernen, den leinenen Buchrücken, an den schwarz, weiß, gold gedruckten Titeln zu erraten, welche Art dieses Buch sein mochte oder jenes. Viktoria deutete kleine Geschichten an, Zusammenfassungen, dramatische Ereignisse, Produkte einer überschäumenden Phantasie, und jedes Mal war ich enttäuscht, wenn die Handlung des Buches nicht an ihre Geschichten heranreichte.

Zuerst las ich rastlos, verschlang Lektüre aller Art. Später dann begann ich zu genießen und wählerisch zu werden; manchmal genügte mir ein Häppchen hier, ein klingender Satz da, um in eine gehobene Stimmung zu gelangen. Genau, sagte ich mir dann, das ist es, es kann nicht vollkommener gesagt werden. Und heute lese ich selten, lese ich kaum. Eine Müdigkeit hat mich erfasst, eine Trägheit lähmt meinen Geist, der nicht mehr aufnimmt, was ihm früher nur so zuflog; der nicht mehr lernen will, der sich nicht ändern will und sich fatalistisch mit dem Leben vor diversen Bildschirmen abgefunden hat. In manchen Stunden - in Sturmnächten, an klaren Wintertagen, beim Hören bestimmter Musik - will etwas in mir gegen dieses Leben Krieg führen. Aber das geht vorbei.

Die Trägheit zu überwinden trachten, tippte Gerd in den Computer. Die Trägheit seines Geistes, seines Körpers, seines Willens, der meilenweit nach vorn sprang, um sich langsam, ängstlich, selbstverdammend wieder zurückzuziehen, zu überwinden trachten. Um freier zu leben, um alles kennen zu lernen, was sich zu kennen lohnte; um höhere Bildung zu erlangen und größeres Wissen. Dieser Satz, allein dieser Satz mit seinen fünf Worten, konnte die Lösung für all seine Unzufriedenheit sein, wenn er sich nicht wieder verzettelte oder ablenken ließ. *Die Trägheit zu überwinden trachten*, und schon würde sich sein Leben ändern, würde ausgefüllter, betriebsamer werden.

Dass es besser werden würde, wagte er nicht einmal zu denken. Vielleicht war ja die Trägheit sein einziger Schutz vor den Schwierigkeiten, in die er sich gebracht, vor den komplizierten Unannehmlichkeiten, in die er sich verstrickt hatte.

Wie oft schon, dachte er, brachte ich genügend Energie auf, um Pläne zu machen und sie begeistert zu verbreiten, um später hilflos mit anzusehen, wie sie in sich zusammensackten, wenn mich das Gefühl meiner eigenen Unzulänglichkeit und das einer gewissen allumfassenden Sinnlosigkeit überfiel. Ich gab auf, ich zog mich zurück, suchte fieberhaft nach Ausreden für das Scheitern meiner Pläne, und als ich keine fand, begnügte ich mich mit einem Kopfschütteln und versuchte, meine Niederlage zu vergessen; doch eher vergisst man strahlende Siege als Niederlagen, die man selbst verschuldete. Die Trägheit verhinderte das Pläne machen, also wurde die Ereigniskette gar nicht erst in Gang gesetzt.

Die drei Zeiger der runden Uhr hatten die zwölf erreicht; eine Fabriksirene klang leise von fern über den Fluss; eine Schranke hob sich und Männer und Frauen strömten durch die Straßen, schnell, schnell, nur schnell. Gerd sah sie durch die großen Glasfenster; was, fragte er sich unwillkürlich, unterscheidet den Menschen von der Ameise? Glocken läuteten und die kleine Kirche am See sandte ihre hellblechernen vier, ihre dumpfdröhnenden zwölf Schläge über die Hügel, sie durchkämmten den Wald, erreichten die Stadt und verklangen ringförmig in der Mittagshitze.

Wochentags, dachte Gerd, als er seinen Wagen aus der Stadt Richtung Wald lenkte, kann ich sogar die neuen Einfamilienhaussiedlungen am Stadtrand ertragen;

sonntags ersticken sie mich. Durch Rindenmulch gewürgte Pflanzen in den Vorgärten und das vorgeplante, das sichere Leben; die Fahrräder und Kinderwagen, die in den Auffahrten stehen, die satte Sonntagsstimmung, die nach Braten duftet und Kaffee, nach Zigaretten, Kuchen, Rasierwasser, Parfüm, und die kreischenden Kinder umgibt eine Weichspülerduftwolke. Dann ist mir, als bekäme ich keine Luft, ich trete aufs Gaspedal und flüchte aus diesem feindlichen Gebiet. Ich besuche das fest gefügte Bruchsteinhaus, das auf einem Hügel liegt, einem kahlen Hügel, einem Hügel mit nackten Schultern; im Winter suche ich das spindeldürr schwarzgekrauste Zweigegewirr der Birken vor kaltblauem Himmel, im Sommer blättergelockte Baumgiganten, die bewegliche Schatten werfen. Dort gibt es nichts, was ich fürchten müsste (so wie ich das Familienleben fürchte), dort kann ich mir eingestehen, dass mir Kinder auf die Nerven gehen und ich Hunde liebe, und niemand klagt mich an und nichts greift nach meiner Kehle, um mich zu ersticken.

Der Motor seines näher kommenden Wagens war das einzige Geräusch in der Stille. Es kam näher, Räder knirschten auf dem Kies des Wanderparkplatzes, es erstarb. Sonnenstrahlen fielen gerade durch die Buchenblätter und glänzten in einem trägen, klaren Bach. Ein plötzlicher Windstoß wirbelte eine Staubwolke über den Weg (ein Elfenvolk wanderte); Kornhalme standen leicht schwankend vor blauem Himmel und weißen Wolken. Gerd stieß mit der Schuhspitze gegen einen Stein, der klackend davonsprang.

Noch bin ich verkrampft, dachte er, bin ich innerlich nicht aufgewärmt, doch nach einer Stunde Wanderns werde ich warm sein, ich werde über den Lehm des

Weges, die weiche Decke des Waldbodens spazieren, und nach zwei Stunden werde ich müde sein und meine Füße wie Blei, und ich werde mich nicht mehr trauen, stehen zu bleiben, weil ich das Gefühl hätte, nie wieder weitergehen zu können. Doch bald, nach der dritten Stunde, wird mein Körper in den richtigen Rhythmus gleiten, er ist eingearbeitet; meine Knochen werden leicht und beweglich in meinem hellrot durchpulsten Fleisch hängen, ich fühle die Gelenke elastisch meinem Willen gehorchen. Alles wird gut sein, ich gehe fasziniert, vom Körper berauscht, es ist ein einziges Glühen in mir. Dann, bald, viel zu bald, wird die Erschöpfung einsetzen und es wird Abend sein. Ich werde heimfahren und das Glühen wird in mir weiterglosen bis in die Nacht.

Wie viele Persönlichkeiten doch so ein Wald hervorbrachte: da waren die Birken, Jugendliche, die sehr jung, schlank, weiß, gelockt und lächelnd, den Wegrand säumten. Die Eiche dort war ein Großpapa, der die alte Firma mit dem angesehenen Namen so lange geleitet hatte (und nun noch seine Söhne beriet, die Kaffee importierten, Tabak und Südfrüchte), er rauchte gute Zigarren, und lebte in holzgetäfelten Räumen und tiefen Ledersesseln. Ich vermisse, dachte Gerd, die biegsamen Trauerweiden, die ihre Zweige über den Fluss hängen lassen; sie alle etwas aufgelöste, wilde Frauen mit offenen Haaren und zu weiter Kleidung; trotz ihrer Stärke immer ein wenig zur Melancholie geneigt, immer geheimnisvoll; ich hasse Menschen, die ihre Geheimnisse in den ersten Minuten einer Bekanntschaft auf meinem Kopf zersplittern lassen. Die Buche, die am Waldrand stand, war der Typ des Vertrauen erweckenden Mannes um vierzig, der breitschultrig und mit einem Lächeln in den Augen Verantwortung übernahm, der Pullover trug, gute Hände hatte und einen etwas schweren Gang. Dagegen war diese Hagebuche eindeutig weiblich; oh, und welch starke Persönlichkeit sie war! Alt und wachsam, ruhig und verdreht, gefährlich auch, aber für die Außenseiter vertraut und voll warmer Geborgenheit - mit einem Wort, wenn sie früher als Frau gelebt hätte, wäre sie wahrscheinlich als Hexe verbrannt worden.

Ich träume hier vor mich hin und erlaube meinem Geist, umherzuflattern wie ein Kohlweißling, dabei wollte ich doch nachdenken (der Zauber lässt nach, die Bäume sind totes Holz), wollte die Trägheit überwinden (es liegt zerknülltes Papier im Unterholz und rostige Limonadendosen, meine Laune verschlechtert sich); ich stampfe fester auf den Boden und suche nach einem Punkt in der Landschaft, nach einer Bewegung in den Zweigen, nach irgendetwas, das mich ablenken kann. Ich finde in der Ferne einen braunweißen, beweglichen Fleck auf einem Streifen Grün und ich halte mich daran, gehe darauf zu.

Es war ein Pony, das dort graste. Es rupfte, machte einen Schritt, rupfte und hob den Kopf. Als Gerd, der am Zaun stand, sich nicht bewegte, ging es langsam auf ihn zu. Getrocknete Erde hatte das Ponyfell stellenweise grau gefärbt; als es die Mähne schüttelte, wirbelte Staub auf. Es knabberte an einem der hölzernen Zaunpfähle.

Gabi hat sie nie gesagt, dachte Gerd, die Worte, die ich nicht ertragen kann, nie sagte sie: ich brauche dich, und ich bin ihr dankbar dafür. Es sind diese drei Worte, die mich zurückschrecken lassen und mit aufwerfendem Kopf nach einem Fluchtweg suchen; wie dieses Pony, dem ich die Nase streicheln wollte und das kopfscheu wurde und mit wild weißbraun rollenden Augen davonstürmte.

Liebe ist zum größten Teil Freundschaft; Freundschaft gibt Freiheit. Verliebtheit ist eine grässliche Verzerrung, die ich verabscheue - samt ihren Begleiterscheinungen, die da heißen: Eifersucht, vernebeltes Gehirn, fiebrige Erregung, flatternde Hysterie. Verliebtheit hat es nie gegeben zwischen Gabi und mir (ich kenne sie lange, ich kenne sie gut), sie ist in mein Leben gewachsen wie ein Baum, ganz natürlich, langsam und unwiderruflich. Sie behauptet, es verbände uns unter anderem, dass unsere Namen Anachronismen sind und sich gleichen. Oft sehe ich sie an, sie glaubt sich unbeobachtet, ist meine Anwesenheit so gewöhnt, dass sie mich in dem Moment nicht wahrnimmt. Haarsträhnen haben sich aus ihrer Frisur gelöst und streifen ihren Nacken und ihren gebeugten Hals. Die Arme um die angezogenen Knie gelegt, sieht sie ins Weite oder in das aufgeschlagene Buch, das vor ihr auf dem Teppich liegt. Und wenn sie dieses Gesicht hat, das nur ihr gehört und jenen Blick, der nur von ihr erfüllt ist, dann ist sie jene Frau, die ich in ihr liebe, die Frau, die stets um mich ist und nach der ich ständig Sehnsucht empfinde. Und ich weiß, dass auch Gabi in mir den Mann liebt, den sie immer geliebt hat und immer lieben wird, auch wenn es nach mir noch zwanzig andere gäbe. Dieses Wissen lässt uns zusammenbleiben.

Drosseln begannen die Stille zu zersingen; es wurde langsam Abend und Kühle kroch aus den Wiesen. Hochspannungsmasten zerstachen den Himmel über dem Tal. Seltsam, dass man sie überhaupt bemerkte, denn an sie gewöhnt, sah man sie selten bewusst; doch wenn der Blick an ihnen hängen blieb, dann stieß man sich an ihnen, an ihrer funktionell stählern bizarren Form, einem stilisierten, symmetrischen Weihnachtsbaum ähnlich.

Man müsste Zeit haben dürfen, dachte Gerd, alle Zeit der Welt, auf der ausgestreckten Hand. Und sie dann zerquetschen wie eine überreife Frucht, dass ihr Saft durch die Finger quillt; in ihr schwelgen, sie genießen in vollen Zügen, sich an ihr berauschen, bis die Seele gestillt ist und eine Antwort erhält in Form eines Gefühls, das uns dann niemand wieder streitig machen kann. Dann wäre die Angst vor dem Tod überflüssig...

Der Tod, das Leben, die Zeit - das sind die Dinge, um die wir alle ständig kreisen. Aber was bleibt uns davon? dachte Gerd wütend, nur das Hetzen von Termin zu Termin. Um die Angst erträglicher zu machen, haben wir die Zahlen. Wir sind besessen von Zahlen. Zahlen, die die Zeit einteilen, Zahlen, die den Raum einteilen, Zahlen, die beides kombinieren, denn große Entfernungen messen wir in Lichtjahren. Dabei ist absolut allem, das wir messen - der Zeit, dem Mount Everest, dem All - unsere Zahlen so was von egal. In meinem nächsten Urlaub werde ich zwei Wochen lang ohne Uhr leben.

War es ein Eichelhäher, der so unmelodisch von jenem Baum herabschräpte und dann im Wald verschwand? Langsam hoppelnd zog ein Kaninchen über den Weg; der Wald wurde dunkler und unüberschaubarer. Gerd beeilte sich nun, er hatte so lange in den Sonnenuntergang geblickt, dass er überrascht war über die klare, düstere Schärfe der Nähe. Als wenn er aus einem blendend hellen in ein dämmriges Zimmer gegangen wäre. Er sah die alten Tannennadeln und die vorjährigen Blätter in dunklem, knisternden Braun, und der flüchtige Duft einer Pflanze erinnerte ihn an einen Kindersommer, an heubeladene Wagen, Bummelzüge und eiskaltes Quellwasser.

Ich liebe es, dachte er, durch die Dunkelheit zu fahren, und es ist gefährliche für mich. Die Lichtkegel, die über den Asphalt gleiten, die gerade Straße, die in die Schwärze führt, das Auto, das in Samt verpackt scheint - all das bewirkt in mir eine Art Hypnose, ich verliere mich an einen imaginären Punkt gerade vor mir, starre darauf, während Bilder an mir vorüberziehen, ich meiner Müdigkeit nachgebe und ein weiches Rieseln in meinen Armen spüre.

Eine Wohnsiedlung glitt vorbei. Sechsstöckige Häuser, das Schlafzimmerfenster kleiner als das des Wohnzimmers, das, grün bepflanzt im Licht des Fernsehens, einem Aquarium glich; man wartete auf Fische, die flossenflink die Deckenlampe umkreisen und aufsteigende Luftbläschen. Ampeln funktionierten reibungslos, Wohnzimmerfenster waren größer als Schlafzimmerfenster, das Gefüge der Welt war in Ordnung, weil das *wie gewöhnlich* über dem Sommerabend lag.

Es fiele mir allzu leicht, dachte Gerd, über die braven Bürger zu hetzen und ihre ewig gleiche Routine; dabei bin ich, der Rebell in tiefschwarz und scharlachrot, braver als sie alle. Ich verbringe meine Abende meist zuhause, ich sehe fern, ich höre Musik, surfe im Internet und lese; ich laufe nie unrasiert herum; ich habe einen guten und soliden Job; meine Pullover sind nie neonfarben, meine Schuhe nie kanarienvogelgelb; ich betrüge meine Freundin nicht; fahre nicht über rote Ampeln; ich will, dass meine Welt voller Harmonie und Frieden ist - was zum Geier lässt mich also hoffen, dass ich außergewöhnlicher bin als die Menschen in den rechteckigen Aquarien dort drüben im Wohnblock?

Nun biege ich in die Straße ein, in der ich wohne; doch sie hat nichts zu tun mit meiner Wohnung, die so hoch unter dem Dach liegt, dass sie mit nichts anderem zu tun hat als mit den Wolken, mit den Hügeln, auf die ich blicke, mit den Dächern, auf die ich herabschaue. Hier, in meinem Reich (jeder Mensch braucht ein Reich, das er nach seinem Willen regiert), fühle ich mich frei, wohl und sicher. Die Fehler, die hier gemacht wurden, sind meine Fehler (ich verschnitt den Teppich dort hinten in der Ecke; ich klebte die Tapete am Fenster etwas schief), die Möbel, die hier stehen, sind meine Möbel, die Bücher, die die Regale füllen, sind meine Bücher, hier bin ich zuhause.

Das Zimmer empfing ihn, umfing ihn, hüllte ihn ein in seinen Duft - ein wenig warmes Holz, ein wenig Flieder, Stoff, Tapete, Erde - und ließ Ruhe auf ihn einströmen, die ihn zwang, die bewölkte Stirn zu glätten und tief Atem zu holen. Ständig schien sich das Zimmer zu verändern, wie der Fluss sich verändert, unmerklich strömte es, atmete es, flüsterte in Ranken und Farnen. Ein Zimmer wie ein Mosaik, das er Stück für Stück zusammengetragen hatte, bis alles verschmolz in friedvoller Harmonie, bis das Bild vollständig war, wertvoll, perfekt in seinen Farben und Formen.

Wie kühl war es dort drüben, nicht kalt, nicht hart, aber kühl und klar, wo auf altweißem Tisch Schatten lagerten, die stellenweise ins Grünliche spielten, ein Widerhall der Pflanzen, die die Wand bekleideten. Die Wände waren orange, gelb in großzügigen Mustern; selbst an grauen Wintertagen sammelten sie das spärliche Licht und erinnerten an den Sommer, an Insektengebrumm und Vanilleeis, weiße Gartenmöbel auf hellem Kies, leichte Kleidung, Obstkörbe und Rosenduft. Die Möbel waren dunkelbraun, fast schwarz, hatten ausladende, gediegene Größe und Schwere, erinnerten an ernste Elefanten oder schwere Burgtore.

Dieses Zimmer lebte ein ruhiges Leben, lebte durch den schwebenden Duft, durch den grünen Frieden der Pflanzen, und es bot dem Eintretenden wie die stillen Wasser eines tiefen Sees seinen glatten Spiegel. Ein leichtes Kräuseln der Oberfläche wie von einem leichten Wind, einem warmen Wind - das waren Gerds Katze, die sich müde schnurrend die kurzen Pfoten fest auf die Augen drückte, Gabis Hund, der sich seufzend in einem Sonnenfleck auf dem Teppich niederließ, das waren auch Menschen, die von Gedanken, Gefühlen, Philosophien sprachen, von den Veilchen, die unter den Tannen am Berghang wuchsen und von rosa Muschelschalen in schwarzgrünem Tang. Stampfende Schritte, lautes Klopfen, nervöse oder brutale Stimmen ließen die Ruhe zersplittern, veränderten die Klangfarben des Raumes und platschten in den stillen See wie ein schwerer Stein. War der störende Besucher wieder fort, flutete die Ruhe des Zimmers zurück und gewann an Unergründlichkeit. Einzelne Unstimmigkeiten flackerten noch auf, ein fremdes Parfüm, ein hartnäckiger Gedanke, verursachten kleine Wellen des Unbehagens und liefen sanft aus.

Es ist, dachte Gerd, ein Augenblick des Alleinseins und des Müdeseindürfens. Mein Wille steht dort an der Tür meines Zimmers, weist den Fremden ab und erhält den Bannkreis, steht da mit abwehrender Gebärde, weicht nicht und wankt nicht und wird doch oft einfach überrannt.

Und er nahm den vergangenen Nachmittag und grub ihn tief in sich ein als verborgenen Schatz, wertvoll und unersetzlich, der vor den Augen anderer verborgen werden musste, denn sie würden nicht verstehen, hätten sich gelangweilt, nach dem Handy gegriffen oder den Computer eingeschaltet.

Das Gartenzimmer

Katharina kam über den Hof herein; sie schob die Holztür auf und blinzelte. Obwohl der heiße Sommertag sich seinem Ende näherte, war der Übergang von hellem Sonnenschein zu dem grünen Dämmerlicht des Gartenzimmers noch so abrupt, dass Flecken vor ihren Augen tanzten. Sie zog die Gartenclogs aus und klopfte an der Schwelle die gröbsten Erdklumpen ab, dann stellte sie sie hinter den Vorhang eines Regals. Nachdem sie die sackförmige Gartenbluse abgestreift hatte, beugte sie sich über das alte Steinwaschbecken und wusch ihre erdigen Hände, das verschwitzte Gesicht und kühlte den feuchten Nacken. Sie lachte dabei, leise, ohne Grund; sie war glücklich, wie öfter, wenn sie im Garten gearbeitet hatte.

Die Gemüsebeete, in denen sie gerade mühsam das gröbste Unkraut ausgerupft hatte, schienen tatsächlich etwas hervorzubringen, und in den Obstbäumen zerfleischten Drosseln bereits die reifsten Früchte hoch in den obersten Zweigen. Wurde es ein gutes Jahr?

Sie rubbelte sich mit einem alten Handtuch trocken und zog ihr Sommerkleid über den Kopf. Die gelösten Haarsträhnen schob sie nachlässig in den unordentlichen Knoten zurück und steckte sie fest. Einen Augenblick stand sie da, die nackten Füße auf dem abgeschabten Teppich und sah auf den Hof hinaus, der schon halb im Schatten lag; die Blätter der jungen Birke wurden von der Sonne noch grüngolden gefärbt. Sie ging zum Fenster hinüber, griff nach einer Cremedose, die dort auf der Blumenbank stand neben leeren Tontöpfen und alten Blumenvasen, und begann ihre Hände einzucremen. Zu komisch hatte es ausgesehen - ihre weißen, gepflegten

Hände mit den ausnahmsweise grellrot lackierten Fingernägeln in die Beete gewühlt, erdverschmiert und dreckig. Sie hatte ihrer Enkelin Lena gesagt, dass Nagellack nichts für sie wäre, aber sie hatte sich nicht abhalten lassen, ihrer Oma die Nägel zu lackieren.

Plötzlich bewegte sich die Gardine an der offenen Tür zum Hof. Die einkremenden Hände halb erhoben, erstarrte Katharina. Warum kam er nicht herein, der ungebetene Besucher, warum zögerte er? Das taten sie doch sonst nie - sie, die das Recht hatten, diese Tür zu benutzen. Lena, die ihren Ball suchte. Ihr Sohn Michael, der skeptisch nach den Gemüsebeeten fragte. Ihre Schwiegertochter Lara auf der Suche nach Einkochgläsern, mit denen sie, wenn man es realistisch sah, gar nichts anzufangen wusste.

Doch dann sah sie eine schwarz Pfote, die nach der Gardine schlug. Sie lächelte.

"Miezemau, Pantherchen", lockte sie, "Schnurrdiburr, Maunzerle, Rattenfänger..."

Dabei war der Name Moony, ganz einfach Moony. Die Katze kam herein und strich um ihre nackten Beine. Sie setzte sich in einen Korbsessel und hob die Katze hoch auf ihren Schoß, rollte sie herum, um ihren Bauch zu kraulen. Die Katze schnurrte und drückte ihr die warmen Samtpfoten ins Gesicht, als wollte sie dessen Form ertasten.

"Schwarze Katze, grüne Augen", murmelte sie, "Mitternachtsalptraum und Vertraute der Hexen..." Die Katze machte die Augen zu, öffnete das rosige Mäulchen und lachte sie aus.

"Okay", sagte Katharina, "ich muss zugeben, das habe ich verdient - "

Sie brach ab, als sie einen Schatten an der Tür bemerkte.

"Ich wollte Sie nicht stören", sagte er und schob mit dem Arm den Vorhang beiseite.

Sie erkannte den Nachbarn, Kröger hieß er, der Gummistiefel trug, ein kariertes Hemd und eine alte Jeans und der einen Pflanzstock in der Hand hielt.

Einerseits war sie verlegen; sie hasste es, belauscht zu werden. Sagte nicht jeder mal etwas, das nur für die Ohren der Katze bestimmt war? Andererseits fühlte sie eiskalte Wut. Es war ihr Haus, ihr Garten, ihre Privatsphäre.

"Ach nein?" sagte sie und Moony glitt von ihrem Schoß, starrte den Besucher missbilligend an und witschte an ihm vorbei ins Freie.

"Und ich wollte auch ihre Katze nicht verjagen." sagte er.

Ein bisschen versöhnlicher gestimmt, glaubte sie ihm. Dass er die Katze nicht hatte verjagen wollen, dass er sie nicht stören wollte. Aber was wollte er?

"Würden Sie mir noch mal die Verlängerungsschnur leihen? Ich will den Rasen mähen."

"Genau, Sie haben ja einen *Rasen*! Die Schnur hängt im Schuppen gleich rechts."

Aber er ging nicht. Er stand im Türrahmen, groß, dunkel vor dem Licht draußen, und er sah müde aus.

"*Rasen*! Sie sagen das, als wäre das etwas Obszönes."

"Genau das ist es auch." Und als er nicht antwortete, sagte sie, weil es die Höflichkeit nun mal erforderte: "Möchten Sie einen Moment reinkommen? Einen Tee trinken? Saft?"

Und schon legte er den Pflanzstock auf die Treppe, kratze sich auf dem eisernen Rost die gröbste Erde von den Stiefeln und trat ein.

"Sie haben auch im Garten gearbeitet", sagte er und setzte sich auf das niedrige Sofa, "ich habe Sie bei den Gemüsebeeten gesehen."

"Ja", sagte sie, denn was sollte man darauf schon sagen, und stand auf. "Tee oder Saft?"

"Saft, bitte", sagte er - und das war schade. Sie hätte gerne mit Teekanne und Stövchen hantiert und ihn eine ihrer nicht zusammenpassenden Tassen auswählen lassen. Es war immer interessant zu sehen, für welche Tasse sich ein Besucher entschied. Sie nahm einen schweren Kristallkrug aus dem Kühlschrank und stellte die passenden Gläser daneben auf den Tisch.

"Ein seltsames Zimmer ist das", sagte er und blickte aufmerksam um sich.

"Hier ist all das untergebracht, was übrig war. Der uralte Kühlschrank. Teller und Tassen, deren Service mit der Zeit zu Bruch gegangen ist. Das Kristall hat ein Kriegsgewinnler hier versteckt, damit es sich die Engländer nach dem Krieg nicht unter den Nagel reißen konnten - und hat es nie wieder abgeholt. So jedenfalls die Überlieferung."

Sie schenkte den Saft ein. Er trank durstig, beinahe gierig, mit halb geschlossenen Augen. Und er sah so erschöpft aus in diesem Augenblick, dass sie sich schämte, ihn so indiskret zu betrachten.

"Ein altes Klavier", sagte sie schnell und deutete an die gegenüberliegende Wand, "eine Nähmaschine zum Treten, ganz ohne Strom zu gebrauchen, alte Schwarzweißfotos mit Leuten, die ich nicht kenne, gestickte Kissen von meiner Großmutter, die Sessel..."

Sie schüttelte den Kopf. Sie wusste nicht mehr, woher die Sessel stammten. Sie waren alt, und sie hatte sie schon als Kind gekannt; aber welcher Verwandte sie hier abgestellt hatte, war ihr entfallen.

Das Schweigen dauerte an. Das Gesumm einer dicken Fliege wurde hörbar; sie rummste gegen die Fensterscheibe, nahm erneut Anlauf und knallte wieder dagegen, bis sie den Weg durch die offene Tür ins Freie fand. Jetzt war es ganz still. Und die Stille trennte sie; würde sie, wenn sie nicht bald redeten, sich räusperten oder nach den Gläsern griffen, soweit voneinander trennen, dass sich neu würden sehen lernen müssen, nicht nur als Nachbarn, die sich schon lange, aber nicht gut kannten. Doch sie ließen es nicht soweit kommen.

"Möchten Sie..." sagte sie und hob den Saftkrug.

"Wissen Sie eigentlich..." sagte er gleichzeitig, und beide brachen lachend ab. Sie schenkte die Gläser noch einmal voll.

"Wissen Sie eigentlich", wiederholte er, "dass wir schon fast dreißig Jahre nebeneinander wohnen? Unsere Tochter Nicole ist hier geboren worden... Jetzt hat sie selbst schon Kinder."

"Mein Sohn hat auch eine Tochter", sagte sie knapp. Sie hatte es schon immer vorgezogen, *mit* den Menschen zu reden, die sie liebte, nicht *über* sie. Und wieder vertröpfelte das Gespräch.

Diesmal begannen sie, sich irgendwie anders zu sehen. Und es wurde ihnen merkwürdig unbequem. Katharina raffte sich auf.

"Sie haben damals den Garten umgestaltet." Sie trauerte immer noch dem verwilderten Grundstück hinterher, das ein wahres Katzenparadies gewesen war.

"Obwohl ich damals keine Ahnung davon hatte. Alles angelernt, aus Büchern und durch Erfahrung. Alle jungen Blumenpflanzen auszureißen und das Unkraut stehen zu lassen - das passiert mir nicht noch mal."

"Und heute ist ihr Garten perfekt wie aus dem Hochglanzkatalog", sagte sie, und sie hasste dieses gedemütigte Stück Land mit dem platten Rasen, den mit dem Lineal gezogenen Gemüsereihen. Spießergarten! Die Kinderrutsche und die Muschel, die einen Sandkasten darstellen sollte, beide aus Plastik, für die Enkel angeschafft, machte das Ganze noch schlimmer. Angriffslust flackerte kurz in ihr auf. Was wollte er eigentlich hier? Nach dreißig Jahren in den Kulissen plötzlich eine Rolle in ihrem Leben spielen? "Schon mal was von Findhorn gehört?"

"Nein", sagte er, "was ist das?"

"Ach, schon gut." Plötzlich liebte sie ihren Löwenzahn in Gemüse- und Blumenbeeten, die wilden Erdbeeren, die sich einfach so als Bodendecker breit gemacht hatten und sogar das Moos auf den Steinplatten im Hof. Sie lächelte.

Er lächelte zurück, als ob sie schon ihre Jugendstreiche zusammen verübt hätten.

"Wir haben früher von unreifen Pflaumen die Spitze abgebissen", erzählte sie scheinbar zusammenhanglos, "und dann damit von außen an den Scheiben der Erdgeschossfenster herumgerieben. Quietsch, quietsch, quietsch."

"Ich hatte mir damals vorgenommen, mal Baldrian zu versprühen, um zu testen, ob davon tatsächlich die Kater angelockt werden. Bin aber irgendwie nicht dazu gekommen." Er lachte. "Ich hatte einen Hund, als ich klein war. Teddy hieß er..."

"Ich bin auch mit Tieren groß geworden."

Im darauf folgenden Schweigen hörten sie, weit weg, irgendwo in den Gärten, einen Rasenmäher surren. Ob er sich nun erinnerte? Ob er das Verlängerungskabel aus dem Schuppen holen und gehen würde? Sie presste die Hände auf die Sessellehnen und sah sich im Raum um.

"Das Foto dort, neben der Glasmalerei, das ist mein Urgroßvater. Er schrieb plattdeutsche Gedichte und spielte Querflöte. Natürlich nur nebenbei, ich meine, er dichtete und musizierte nur nebenbei, in seiner Freizeit..."

Nein, das war zu blöd. Sie fing an zu faseln. Sie nahm ihr Glas vom Tisch und trank in großen Zügen.

"Und ihre Urgroßmutter?" fragte er und zog mit den Fingerspitzen das Häkelmuster der Tischdecke nach.

"Zog neun Kinder auf."

Die Katze kam herein wie ein schmaler, schwarzer Schatten. Sie sprang auf einen Korbsessel, schärfte sich die Krallen an der Rückenlehne und streckte sich lang aus, den Kopf mit dem kurzen Kinn auf der Sessellehne.

"Ich sollte jetzt gehen", sagte er, den Blick auf die Katze gerichtet. "Der Rasen mäht sich leider nicht von allein."

Sie hatte keinen *Rasen*. Sie hatte eine *Wiese*.

"Danke für den Saft." Er stand auf. "Und das Kabel..."

"Draußen im Schuppen, rechts neben der Tür, Sie wissen ja."

Er ging hinaus, hob den Pflanzstock auf und drehte sich noch einmal um.

"Dieses Zimmer..." sagte er, "Man fühlt sich einfach wohl hier."

"Ja."

Und als er gegangen war, kniete sie sich vor den Sessel, in dem die Katze lag. Sie schloss kurz die Augen und schüttelte den Kopf, holte tief Luft, als wittere sie.

"Moony", sagte sie leise, "kannst du mir sagen, ob gerade hier etwas passiert ist? Und wenn ja, was?"

Der alte Hafen

Die Verlassenheit des alten Hafens lag wie Dunst zwischen Sonne und Wasser, wie Watte auf Viktorias Sinnen, wie ein Dokument langsamen Verfalls einstiger Betriebsamkeit inmitten der Zeit. Nichts durchbrach die Stille als das ferne Brummen eines Traktors, als vereinzelte Möwenschreie, als das dumpfe Pochen, mit dem Viktorias Fersen an die Kaimauer klopften.

Kleine Wellen überspülten die unterste Stufe der morschen Treppe, lautlos, ölig und träge. Viktoria löste den Blick vom schwappenden Wasser und sah zur hitzeflimmernden Linie des Horizontes, verlor sich daran, erstarrte, erstarb, fiel in den Zustand des Bewusstseins, der dem Schlaf am ähnlichsten ist: völlig unmöglich, sich noch um das Tausendstel eines Millimeters zu bewegen, unmöglich, die Augen zu schließen. Gedanken wie ein Lied, das zu nahe erklingt, um überhört zu werden, zu fern, um es zu erkennen oder festzuhalten.

Letzte Nacht, dachte sie, Sommerregen... Sommerregen hilft dem Land wie eine ergebene Kammerzofe... sein schönstes Kleid anzuziehen... sein feinstes Parfüm auszuwählen... es ist heiß... Fasziniert von diesem einfachen Gedanken, wiederholte sie ihn immer wieder: es ist heiß... es ist heiß... und wünschte sich, ihren Kopf, in dem Watte steckte, nichts als weiche Watte, nur noch mit einfachen Gedanken füllen zu können: es ist heiß, die Sonne scheint, die Ziegel sind rot.

Rote Ziegelsteine, dachte sie, halb aufgeschreckt durch eine scharfgezeichnete weiße Möwe, die ihr Blickfeld kreuzte, nichts ist tröstlicher und zugleich trauriger als diese verlassenen roten Ziegelsteinbauten, die umgeben sind von holprigem Kopfsteinpflaster und verrosteten Schienensträngen, in denen Grasbüschel wachsen und Löwenzahn, wo alte Ölspuren in schillernden Regenbogenfarben auf den Pfützen liegen und eine morsche, abblätternde Tür sich in den Angeln wiegt.

Rote Ziegelmauern zogen durch ihr Gedächtnis, deren Wesenlosigkeit und Verschwommenheit ihr Bewusstsein ins Taumeln brachte, sie näherten sich, entfernten sich wieder, wurden konvex, konkav, drehten sich, fielen ein. Rote Ziegelmauern und ernste grüne Tannen, das war es, genau das, was vor ihrem geistigen Auge entstand, wenn sie das Wort "Geborgenheitssehnsucht" dachte. Geborgenheit war etwas Ruhiges, Sanftes, etwas Altes, Lebendiges, und Sehnsucht war das ziehend melancholisch Traurige, die Flut, in die man sich herabsinken ließ wie in ein lauwarmes Bad. Geborgenheitssehnsucht, dachte sie, rote Ziegelmauern und ernste grüne Tannen.

Die verschwommenen Gedanken manifestierten sich zu einer ihrer ältesten Visionen (sie war dreizehn gewesen und hatte weggewollt von zu Hause, nur weg); die Ziegelmauer wurde zu einem hohen Haus, zu der Rückseite eines hohen Hauses, die auf eine Bahnlinie hinausging oder einen Industriefluss. Das Haus hatte mindestens sechs Stockwerke und kleine Balkons, winzige Balkons, auf denen Wäsche im Wind flatterte, Kinder in Laufställen laut quengelten oder leise weinten, karge Pflanzen in billigen Blumentöpfen Wachstum und Blüten verweigerten, da dies die Nordseite des Hauses war und in ewigem Schatten lag.

Und dort, dachte Viktoria, gerade dort, hoch oben unter dem Dach, hinter dem Balkon mit dem vereinzelten

Blumentopf, in dem ich kurioserweise eine orangegelbe Tulpe blühen sehe, liegt das Zimmer, ihr Zimmer, mein Zimmer (denn obwohl ich sie von außen betrachte, bin ich in gewisser Weise sie); das Zimmer mit dem abgetretenen roten Teppich, dem alten Sofa, dem Messingbett mit der gehäkelten Tagesdecke, dem soliden dunklen Tisch, der mit Büchern und Heften übersät ist, denn hier wohnt eine Studentin. Sie steht, in einen verschossenen Kimono gehüllt, an der Balkontür und blickt sinnend hinaus auf die blinkenden Gleise oder den grauen Fluss, auf dem Lastkähne gegen die Strömung kämpfen. Sie denkt an das Geschichtsreferat, die vor ihr liegt, an das fehlende Geld für ein paar Stiefel, an den großen Bruder, den sie gern gehabt hätte; oder an das Kind, das in ihr heranwächst und dessen Vater verheiratet ist und Universitätsprofessor. Und immer ist sie allein und stark, immer liegt über allem der poetisch-romantische Hauch unverschuldeter Armut und stirngerunzelten Studierens, der in der Wirklichkeit nicht existiert, nie existiert hat und nie existieren wird.

Aber ich bin nicht stark, dachte Viktoria unwillig. Jetzt, hier, in diesem Moment will ich nicht stark sein, ich will - was will ich sein?

Ihre im Sonnenlicht zusammengekniffenen Augen betrachteten das hellgrüne Blättergeriesel einer Trauerweide, dort draußen, am jenseitigen Ufer des Flusses, um plötzlich war er da, der Wunsch, ein Stück Gartenland zu sein - sie ließ die Schultern fallen, entspannte sich und lächelte.

Nicht das gepflegte, eingeteilte, sauber abgegrenzte Gärtchen des ehrgeizigen Kleingärtners, wo quietschender Kohl, von Regentropfen wie mit Quecksilber beperlt, neben geraden Reihen dünnblütigen

Schnittlauchs stand, der Stolz der Kleingartenkolonie - redselige Menschen, die über dahliengeschmückte Maschendrahtzäune Klatsch austauschen - nein, oh, nein, das nicht. Sie hatte den Wunsch, ein großes, verwildertes, einsames Stück Land zu sein, unter weitem Himmel, begrenzt durch dicht bewaldete Hügel, einen wiesenüberwachsenen Bach, ein paar Bäume, einen kurzgrasigen Pfad, der von irgendwoher kommt, nach irgendwohin führt (in die Ruhe, in den Frieden), den niemand geht außer weichfelligen Kaninchen, schmalen Rehen, außer dem schwermütigen Mädchen, dem langsam dahinstapfenden Mann im grobgestrickten Pullover mit dem schwarzen Hund.

Ein Stück Land, auf dem frei wächst, was wachsen will. Schnecken finden ihren Weg zwischen Salbei und Brennnesseln, Hummeln besuchen den flammenden rotlila Fingerhut mit seinen glockenförmigen Kelchen. Krallende Brombeerranken greifen nach dem Hasen mit den feuchten, ängstlichen Augen, Soldatenknöpfe und Sauerampfer behaupten ihr Dasein zwischen zartvanilligen gelben Lilien und schüchterne, blassrosa gekrauste Rosen nicken vom zarten, dornigen Strauch, wiegen sich, kuscheln sich in sich zusammen, so dass ihre Form fast einer Kugel gleicht.

Ruhig, dachte Viktoria, liegt das Land unter der Sonne. Löwenzahnschirmchen segeln leicht durch die Luft, Kräuter- und Unkräutersamen reifen im Licht, während Schmetterlinge trunken taumeln. Ruhig liegt das Land unter dem Regen, unter dem Sturm, den der Herbst bringt. Nebel liegt feucht auf den Gräsern, lässt die Stämme der Bäume dunkel glänzen, betupft mahagonifarbene Kastanien, die neben ihren aufgeplatzten Stachelschalen liegen, dort drüben, wo die

Erde hart ist und hell klingt; Nebel bringt stets den Wunsch, dahinzutreiben, sich aufzulösen, leise zu weinen und Winterschlaf zu halten. Ruhig liegt das Land unter dem Schnee, hütet das schlafende Samenkorn und den putzigen, glattschwarzen Maulwurf, der mit rosigwarmer Nase umherschnüffelt. Ruhig liegt das Land selbst unter den heftigen Windstößen und dem Wahnsinn des Frühlings, unter spitzem Sonnenschein und in aufbruchsseliger Natur. Kräuter, Bäume und Blumen erwachen, wachsen, wuchern, ziehen Bienen, Wespen und Hummeln an, breiten ihre Blätter ohne Angst unter dem hochgespannten Himmel aus, lassen Wind, Regen, Wolken, Sonne, Mond und Sterne über sich hinwegziehen. Und später vielleicht, dachte Viktoria, irgendwann, wenn genug Zeit vergangen ist, wenn Geduld geübt wird, wenn nicht gedrängt, gegraben, gesucht, gezwungen wird, streckt er sich aus der Erde, grün und unscheinbar, entfaltet sich und damit die Hoffnung, zeigt seine vier abgerundeten Blättchen dem Himmel, mag er nun blau oder grau sein, weckt mit seinem Erscheinen Seelen zu neuem Leben: der Glücksklee.

Ist es nicht das, dachte sie, was erstrebenswert erscheint? Zufriedenheit, Gelassenheit, unterbrochen von einzelnen Anfällen des Glücks, der Trauer, des Überschwanges, die sich auf das ruhige Grundmuster eines von Zufriedenheit geprägten Lebens legen wie eine kompliziert gehäkelte Rose auf das glatt gearbeitete Kissen.

Und doch fühlte sie sich wie ein Schütze, der die Tontauben immer wieder verfehlt, die zu treffen er sich zum Ziel gesetzt hatte. Denn, dachte sie, nie kann ich genau das in Worte fassen, was hinter meiner Stirn als gefühlter Gedanke schwebt; er entgleitet mir wie ein Stück Würfelzucker, das in heißen Kaffee getaucht wird, verfärbt sich, bröckelt, löst sich auf und verschwindet auf ewig in braunschwarzen Tiefen. Ich sollte mir gerade in diesen Zeiten der Resignation, der Müdigkeit, des Abgleitens vergegenwärtigen, dass in Australien Sommer ist, wenn es hier zu schneien beginnt (man neigt dazu, solche Dinge zu vergessen); dass alte weiße Laternen an Oktoberabenden die glühendroten Früchte des Hagebuttenstrauches aus der Nacht hervortreten lassen; dass sich das Meer noch immer an den Küsten bricht, auch wenn ich es nicht sehe; und dass kleine Lichtpunkte am Himmel Sonnen sind, riesige, geheimnisvolle Sonnen, denn was wissen wir Winzlinge schon, warum das Universum entstand?

Das Surren eines Traktors, das ihre Gedanken unbewusst begleitet hatte, verklang in der Ferne und hinterließ ein Vakuum völliger Stille. Der Geruch des alten Hafens, ein Gemisch aus Flusswasser und Fisch, Seerosen, Holzschutzmittel und Teer, schlug für einen Augenblick über ihr zusammen und trat dann wieder in den Hintergrund zurück. Es blieb eine wilde Sehnsucht, die hinter dem Magen ein schmerzhaftes Ziehen war, eine Sehnsucht nach Meer, Wind und Salzgeruch.

Sie hatte damals schreiben wollen, dass das Meer anthrazitfarben geworden war, im letzten Urlaub, als sie am Strand saß und einen Brief schrieb, während die Dämmerung in die Nacht überging und die Lichter vom Leuchtturm und in der Fahrrinne heller und heller strahlten. Wie, hatte sich ihr übermüdeter Geist gefragt, schreibt man anthrazit? Sie hatte eine Vorstellung gehabt von einem h, das die Spitzen und Kanten des Wortes mildern sollte. "Das Meer wurde anthrazitfarben", hatte sie geschrieben, nachdem sie sich mit einem Ruck zusammen genommen hatte, was sie "versammeln" nannte. Sie hatte gehört, dass Reiter ihre Pferde "versammeln" und sie versammelte eben ihren Geist. "Nein", hatte sie dann laut gesagt. In plötzlicher Wut hatte sie den begonnenen Brief zerknüllt und zerrissen; aus glattweißem Papier mit gerundeten Bögen königsblauer Tinte, das beginnende Korrespondenz hätte werden sollen, wurde ein schäbiger Haufen zerknitterter Schnipsel, die sie mit verächtlicher Bewegung vom Tisch gefegt hatte. "Niemand", hatte sie gesagt, "niemand, niemand. Nur ich."

"Nur ich." wiederholte Viktoria, in Erinnerungen versponnen.

Immer wieder gab es in ihrem Leben Momente aus Glas, das sie umgab mit hauchfein gesponnenen Fäden. Sie waren noch verwoben mit Zeit und Raum, hoben sie aber aus beidem heraus; und sie wagte nicht, sich zu bewegen, wagte kaum zu atmen, um das spinnwebige, regenbogenbunte Glas nicht splittern zu lassen, das, mal phosphoreszierend, mal klar, mal glitzernd, eine Glocke über sie geworfen hatte, in dem Augenblick, als sie dachte: "ich".

Ich - das war ein Prickeln von den Haarwurzeln bis zu den Zehen; das war furchtbar wie das Öffnen einer Tür, hinter der man Entsetzliches vermutet; das war aufregend wie ein Ritt auf einem Drachen; das war der Beginn, nur der Beginn der schwierigen Entscheidungen die einen der Wege, die vor ihr lagen, zu ihrem eigenen Weg machen würden. Ich, dachte Viktoria, das bedeutet Angst; das bedeutet, fügte sie, sich verbessernd hinzu, bedeutet *auch* Angst.

Leichter Wind trieb ihr einige flusige Löckchen ins Gesicht, die sich aus ihrem streng gebundenen Zopf gelöst hatten. Wieder sang es in ihr; Wind und Meer; flatternde Kleider, Pioniere und Schiffszwieback. War sie nicht damals aus diesem Gefühl heraus - Wikinger, Wale und Meeresschaum - abends allein durch die Hafenstadt gegangen, geborgen und lächelnd unter ihrer Regenmantelkapuze? Die Stunde war blau gewesen, dunkelblau hatte sie sich im feucht glänzenden Pflaster gespiegelt, aus düsteren Gewölbekellern strömten manchmal Musik und Gelächter; es hatte Nebelhörner und Schiffsmotoren gegeben, die sich von weit draußen vernehmen ließen und das Licht wob milchigfeine Nebelschleier um Laternen.

Es ist gar nicht so lange her, dachte Viktoria, aber mir kommt es viel, viel zu lange vor.

Sie hatte keine Einzelheit vergessen. Da hatte es zum Beispiel jenen Mann gegeben. Welche Erleichterung, sich für Menschen zu interessieren, in die man nicht verliebt war! Einfach so, aus reiner Neugier! Schlag dein Rad, hatte sie ihm innerlich zugerufen, sooft sie ihn sah; schlag dein Rad, eitler Pfau, schlag dein Rad! Doch nie hatte er dergleichen getan. Nicht vor der Frau am Strand, die tänzelte wie ein Zirkuspony und schmollmundig Kindliches vortäuschte - es war abstoßend gewesen, aber auch rührend traurig und grausig banal. Nicht vor dem Polizisten, der ihm ein Strafmandat ausstellte; nicht vor der Kioskverkäuferin, die Fischfrikadellen anbot, Schokoladenriegel und Ansichtskarten; nicht vor Kindern, nicht vor Erwachsenen, nicht vor Gott und der Welt - er strich sich nicht glättend über die Haare, zog nicht den Bauch ein, erhob nicht die Stimme, zupfte nicht nervös an seiner Kleidung; er schlug kein Rad, wollte nicht imponieren. Sein Blick war weder ja noch nein, weder komm noch geh, weder Fisch noch Fleisch, und es reizte sie, was sie schon immer gereizt hatte: zu erahnen, zu fühlen, zu spüren, zu verstehen; ihre federleichten Werkzeuge an dieser so hartnäckig verschlossenen Auster zu probieren, um sich dann, wenn keine Perle darin verborgen war, wenn er nicht heimlich Verlaine oder Shelley las, wenn er keinen getigerten Kater besaß, den er liebte, wenn er nicht den Wunsch hatte, mit seinen fünfzig Jahren noch das Saxophonspielen oder das Rollschuhlaufen zu erlernen; um sich dann also, wenn er kein anderes Geheimnis als das seiner Leere besaß, enttäuscht und verärgert abzuwenden; denn, dachte sie, im Grunde bin ich ein Snob, meine Art von Snob.

Sie war damals abgereist, ohne das Geheimnis zu ergründen, hatte ihn, sobald sie ihm den Rücken kehrte, vergessen (dafür hatte sie ihn gern gehabt, er störte sie nie und ließ sich so leicht vergessen), um in Zeiten besonderer Hektik des Daseins ungläubig an ihn zu denken; denn war er so sehr er selbst gewesen oder war er es nicht?

Der Abend nahte. Viktoria liebte das Bild von den Tageszeiten, die sich träge aneinanderlehnen, die sich umschlingen und wiegen. Die Nacht entlässt den erwachenden Morgen aus ihrer Bettdecke, er wendet sich ab, steht aufrecht allein in Größe und Schönheit, neigt sich dann dem Mittag zu, der sich aus den Armen des Morgens lösen wird. Ein Bild wie von einem Feld voller Sonnenblumen, über das der Wind hinzieht; die Blumen berühren sich, stehen allein, berühren sich erneut, stehen wiederum allein. Ein Reigen von Eigenbehauptung und Hingabe, alles zur richtigen, zur einzig richtigen Zeit. Nicht nur die Tages-, sondern auch die Jahreszeiten -

Nein, Schluss jetzt, unterbrach sie sich, keine rosarote Poesie mehr. Betrachte den toten Fisch dort drüben und frage dich, wie lange du noch überleben kannst in dieser Welt, mache dir Gedanken über steigende Preise, Arbeitslosigkeit und Steuerungerechtigkeit - doch niemand, und sie war erschrocken über diesen Gedanken, kümmerte sich mehr um die Jahreszeiten. Das Leben der Menschen blieb sich weitgehend gleich, Sommer wie Winter, Frühling wie Herbst. Die Arbeit blieb die gleiche, die Sorgen blieben die gleichen, das Verhalten blieb das gleiche - es sei denn, man fluchte auf Weihnachten bei der Vorstellung, was das wieder alles kosten würde - ,die Gedanken blieben die gleichen, die Gefühle blieben die gleichen. Es gab Hallen, in denen man im Sommer Ski fahren, und welche, in denen man im Winter schwimmen und im Sand liegen konnte. Alle Obst- und Gemüsesorten gab es rund ums Jahr. Die ständige Erreichbarkeit von Dingen mindert ihren Wert, weiß das denn niemand?

Das brachte sie in eine Stimmung, die sie durchkältete. Ich fürchte mich, dachte sie, vor den gnadenlosen Menschen, die mich für unnahbar halten; in einer Art Wut streuen sie mir, dem Bluthund mit dem überfeinerten Geruchssinn, Pfeffer, Chili, Paprika in die Nase und sehen schadenfroh zu, wie es mich quält. Sie hören keine leisen Töne, sie sehen keine anderen Farben als die grellsten, sie spüren keine Sinnlichkeit, sondern Gier, sie halten das ganze Gebäude aus Begehren, Verliebtheit, Umsorgtwerden, Geborgenheit, Besitzdenken, Stolz, Ehrgeiz und Angst vor dem Alleinsein für Liebe, doch Liebe...

(Je höher man einen Feind achtet, und Liebe, meine Freundin, ist auch meine Feindin, wird der Wunsch größer, sich zu unterwerfen oder zu widerstehen?)

- doch Liebe, fuhr sie fort, ist ein tiefer glattströmender Fluss im Inneren, dessen Freiheit nie bezwungen werden kann, es sei denn durch die Vernichtung seiner selbst. Liebe ist außerdem eine alltägliche Sammlung von Kleinigkeiten, einem Duft, einer Farbe, einer Halslinie, einem Klang der Stimme. Liebe, Love, L'amour, Amore - Amor, der mir zuwider ist, was weiß denn so ein kleiner, pausbäckiger Flügeltyp schon von der Liebe; da ist mir doch Diana lieber, keusche Jungfrau in silbernem Mondlicht, stolz und unerreichbar...

Die Sonne schickte sich an, zwischen horizontalen dunklen Wolkenstreifen in einer leuchtenden leichtgeschlagenen Creme aus orangefarbenen Nebeln unterzugehen; und darüber, wo die Dunkelheit der Wolken aufklaffte, zwischen hellgleißenden Wundrändern, bildete sich ein blassblaues, blassgrünes Tor, klar und kühl, das hinauf zu führen schien in ätherische Ewigkeiten. Eine fedrige Wolkenlocke erstrahlte golden vor dem fernen Blaugrün, schwebte vorbei, erlosch.

Ich liebe die Welt meiner Gedanken - sie stand auf, klopfte sich den Schmutz von der Hose, zog die Blusenärmel herunter - sie ist so groß, dass ich erwarte, von so viel Macht versteinert zu werden wie vom Anblick Medusas, doch ich werde nicht zu Stein, sondern zu Wasser und Erde und Feuer und Luft. Gedanken, die sich selbst stützend und folgend wie die Stufen einer Wendeltreppe in die Höhe schrauben, oder in die Tiefe führen. Gedanken, die hier und da aufblitzen wie Irrlichter nachts im dunklen Moor, die glitzern und glänzen und Hoffnung verkünden, bis sich der Himmel verdunkelt von den geflügelten Boten des schlimmsten Gefühls, der Angst. Gedanken, die wie weiße Tauben in den blauen Himmel fliegen, verfolgt von anderen Gedanken und im Fluge von ihnen zerrissen, wie Bussarde ihre Beute zerreißen, und übrig bleibt ein übler Matsch, mit dem man nichts mehr zu tun haben will.

Ich wollte heute nachdenken, dachte Viktoria, über mich, mein Leben, meine Zukunft; ich wollte mich konzentrieren und eine Lösung finden, ohne auf ihr Reifen in mir zu warten. ich wollte nach Hause gehen mit dem Gefühl der Klarheit und des Stolzes, wollte sagen, so und so wird sich mein Leben nun gestalten - ich habe nichts davon getan, ich habe vieles erreicht. Ich weiß wieder, wer ich bin.

Unbemerkt hatte sich das Tor zum Park vor ihr aufgetan; sie hob den Kopf und ging lächelnd hindurch.

Die Freundin

In dem kleinen Café streckte ein Kleiderständer seine nackten Metallarme gähnend und gelangweilt zur Decke, ohne dass man ihm jemals einen Mantel anvertraute oder einen Hut oder einen Regenschirm. Die grobmaschigen, etwas vergilbten Gardinen fielen bis auf den Parkettboden hinunter und zeichneten ein Muster aus Schatten und Sonnenlicht. Man spürte einen Hauch provinzieller Gemütlichkeit durch das Fehlen jeglicher Coffee-to-go Hektik; das Personal döste hinter der hölzernen Theke vor sich hin, las Zeitung und schlurfte langsam zu den Tischen, um Bestellungen aufzunehmen oder zu servieren.

Viktoria saß an einem kleinen Tisch in der Ecke, sie war zu früh, wieder einmal viel zu früh dran für ihre Verabredung. Sie wartete; sie hörte den draußen vorbeiflutenden Verkehr; sie betrachtete lange den perlmuttern schimmernden Glasuntersetzer (hier eine feine Tönung von Violett, dort ein Faden reinsten Grüns, in grauweißen Marmorwolken); sie sog die Eisschokolade durch den bunten Strohhalm; sie wartete.

Schließlich öffnete sich die Tür und Julia trat ein.

Dort kommt sie, dachte Viktoria, meine ... Freundin. Julia, die ich immer meine ... Freundin nenne, mit spürbarer Pause zwischen beiden Worten (die wortetrennenden Punkte sind klein und sehr schwarz und glänzen wie die Körper mancher Insekten), eine Pause, in der ich nicht zu atmen wage, weil sie angefüllt ist mit Unbehagen und Bedauern, weil sie ausdrückt, dass ich eben nicht ihre Freundin bin, nicht mehr. Und trotzdem fühle ich, wie mein Blick golden strömt, wenn ich sie begrüße, um der Vergangenheit willen, der einzigen Brücke, die von mir zu ihr führt. Eine schwache, immer wieder ausgebesserte, mit Treibholz, Pappkartons, Stricken und Heftklammern geflickte Brücke, auf der sie mit militärisch strammem Schritt einherpatrouilliert, auf der sie stampft und schreit und tanzt, weil sie sich auf sicherem Grund wähnt.

"Neues Kleid", sagte Julia, "sehr teuer... nach Maß... guter Schneider... "

Warum sage ich es ihr nicht einfach, dachte Viktoria, warum sage ich dir nicht die Wahrheit, die grausam ist und alltäglich und heißt: Du langweilst mich. Ja, Langeweile ist es, die hinter meinen Augen nistet, in meinem Kiefer wühlt, die mich bei jedem Satz, den du sagst, aufs Neue einhüllt wie eine flauschigrosa Babydecke, die sich meiner bemächtigt, sanft, ohne mich anzuspringen, und die meinen Geist in die Flucht schlägt, hoch hinauf in den ewigen Schnee der Berggipfel, in die Eisregionen, wo es klar ist und scharf und kalt.

"Drei Kilo abgenommen", sagt Julia, "nichts gegessen... Disziplin... viel Wasser..."

Ich werfe dir vor, dass du nicht sehen kannst, dachte Viktoria, ich werfe dir vor, dass du nicht fühlen kannst; du bewirfst mich mit hochgewirbeltem Staub, mit entwurzelten Büschen, altem Plunder und gezackten Porzellanscherben wie die Wand eines Wirbelsturmes. Ich kämpfe mich vorwärts, doch noch kann ich das Auge des Sturms nicht erkennen, noch ist alles trüb und wirbelnd und ohne Bedeutung.

"Ich liebe", begann Julia -

Gut, dachte Viktoria, das muss es sein, das Auge des Sturms, das ich mir zu sehen gewünscht habe, jetzt geh langsam und vorsichtig, damit ich dich wiedererkennen kann.

"Ich liebe den Luxus", sagte Julia," gesellschaftliche Stellung... mein Mann... zu träge... könnten weiter sein..."

Vorbei, dachte Viktoria, kaum dass du mich ein kahles, steinübersätes Stück Land hast sehen lassen, auf dem nichts grünt oder blüht, obwohl es urbar gemacht werden könnte, vielleicht sogar fruchtbar ist. Und nun wieder aufgewirbelter Staub und Plunder ohne Bedeutung.

"Sie hatten Silberhochzeit", sagte Julia, "mein Geschenk... kein Dank... gemeines Luder..."

Langeweile ist es jetzt, dachte Viktoria, früher war es Lachen, war es Geheimnis, waren es lange Nächte voller Gespräche, war es auch Schweigen, waren es all die sich abnutzenden Vergangenheiten, die sich als Flicken auf die Brücke zwischen und legten, um sie vor dem drohenden Einsturz zu bewahren.

"Neue Frisur", sagte Julia, "neue Schuhe... neue Tasche... teuer, teurer, teuer..."

Du hast dich verraten, dachte Viktoria, hast dich verkauft für Anerkennung und Zustimmung, die dir zugeworfen wurden wie ein Knochen dem braven Hund, hopp, fang, bequemes Tier gleich gutes Tier, friss oder stirb, und du hast nicht bemerkt, wie du dich ändertest, doch ich merkte es und ich sagte es dir, du begannst mich dafür zu hassen und ich schwieg.

"Meine Kinder", sagte Julia, "wissen, was sie mir schuldig sind... wenn nicht... Geldhahn zudrehen..."

Erinnerst du dich, dachte Viktoria (ich weiß, es nützt nichts, aber lass mich von früher träumen), an jenen Baum am Rande eines Sumpfgebietes, das sich jeden Sommer in einen dunklen, geheimnisvollen Dschungel verwandelte, durch die mannshohen, sumpfig scharf riechenden, rot, violett, grün flammenden Pflanzen, die wir nicht näher zu bezeichnen pflegten, damit uns nicht ein alltäglicher Pflanzenname - es handelte sich um Drüsiges Springkraut - nicht die Illusion zerstörte, in einer heißen Urwaldhölle gefangen zu sein. Wir kletterten so hoch hinauf, wie wir konnten und erfanden bunt schillernde Vögel, die sich über uns in den Zweigen tummelten, hier blitzte zwischen den Zweigen ein blaumetallischer Flügel auf, dort weich aufgeplustertes rötliches Gefieder, gleich einem roten, sich mit unwirklich biegsamen Ähren im Winde wiegenden Haferfeld.

Ich erzählte dir von Löwen, die den Stamm des Baumes umkreisten, auf dem wir bequem in den Ästen saßen. Löwen mit mordlüsternen Augen und gewaltigen Pranken, an denen scharfe, ebenholzfarbene Krallen blinkten, Löwen, die uns kräftige Reißzähne zeigten, weiß vor dem Hintergrund des rotglühenden Rachens. Der heiße, gierige Atem schien unsere Füße zu erreichen; all das war für uns so wirklich, dass wir uns verstohlen umsahen, mit einem kleinen, ängstlichen Gefühl in der Magengrube, ob uns nicht ein Löwe anspränge, dort, aus jenem Gebüsch, als wir vom Baum herabkletterten, die abgeschabten Schuhe vorsichtig auf den schwankenden Grund setzten und uns schließlich aus dem Sumpfgebiet zurückzogen, um flache Steine auf dem Wasser des nahen Flusses tanzen zu lassen.

"Riesiger Bildschirm", sagte Julia, "Musikanlage... Multifunktionshandy... neueste Computertechnik..."

Ein anderer Baustein der Brücke, dachte Viktoria, war die erste, ferne Verliebtheit (denn es war nicht Liebe), die uns im Alter von dreizehn Jahren überraschte. Die Verliebtheit, die du dem schwarzlockigen Jungen aus der

Nachbarschaft entgegenbrachtest, während ich einer Urlaubsbekanntschaft nachtrauerte, wie man mit dreizehn trauert, abgrundtief und heftig, aber seltsam losgelöst von der Realität. Diese Verliebtheit ließ uns die Welt sehen in Schwarz und grellem Violett; sie trieb uns zueinander; nachts saßest du am Fußende meines Bettes, und wir redeten, hastig, fiebrig in dem Bemühen, unsere Gefühle in Worte zu kleiden. Manchmal klangen unsere Stimmen matt und fast verweht, dann wieder spitz, schrill, kichernd; es gab nur die Nacht und unsere Stimmen, die sich um die schwankenden Pfosten rankten, die unseren dreizehnjährigen Himmel trugen, die langsam müde wurden und vor dem Morgengrauen ganz verstummten.

"Entsetzlich ", sagte Julia, "Preise... Fleisch... Strom... Heizung..."

Der eine Morgen, dachte Viktoria, als wir uns trafen, im Morgengrauen, zwei junge Frauen, die den aufgerüttelt-verstörten Blick der jeweils anderen deuten konnten. Wir fuhren weit hinaus, ließen uns irgendwo auf den harten Kieselsteinen eines Seeufers nieder. Die Sonne brannte heiß, übernächtigt waren wir, zerschlagen schlossen wir die müden Augen vor den gleißenden Sonnenfunken, die uns die Wellen entgegenschleuderten. Wir fühlten uns wohl, ein wenig froh, ein wenig traurig, und mit dem Wissen um vergangene Nächte, über die wir Stillschweigen bewahrten.

"Zu salzig", sagte Julia, "zu sauer... zu wenig... zu süß... zu teuer..."

Dann machest du mir ein Geschenk, dachte Viktoria, ich weiß es noch genau, es war Nacht, Regen prasselte an die Windschutzscheibe deines Wagens. Regen, gegen die die schwarzen Scheibenwischer vergeblich anzukämpfen versuchten, Regen, in dem die Rücklichter der sich stauenden Autos verschwammen, um nach der quietschenden Kante des Wischers scharf und ohne Verzerrung hervorzutreten, bis der Regen sie wieder verschleierte. Du saßt neben mir, und ohne mich anzusehen, warfst du es mir zu, das Geschenk, irisierend bunt wie eine Seifenblase; du sagtest, dass du mich liebst, fügtest jedoch sofort und überflüssigerweise hinzu, dass du mich nicht so liebtest wie einen Mann, sondern nur so, wie du eine Frau lieben könntest und dass ich von den Frauen in deinem Leben die am meisten geliebte wäre. Ich sah hinaus in den Regen, sah das rechte Blinklicht des vorderen Wagens regelmäßig gelb aufleuchten und war erstaunt, dass du eine Rangliste hattest, dass du sagen konntest, dieser Mensch ist der erste in meinem Herzen, jener der zweite und der dort drüben der sechshundertvierundfünfzigste. In mir fand ich keine Rangliste, nur ein irrwitziges Durcheinander, ein Gepurzel und Geflatter von Gefühlen wie von aufgeschreckten Vögeln, wie ein Taubenschwarm vor blauem Himmel, Flügel wurden silbern, wurden grau, leuchteten erneut auf - ich wusste nur, dass auch ich dich liebte. Das war früher, vor einiger Zeit, vor langer Zeit, damals.

"Praktisch", sagte Julia, "teure braune Einbauküche... Wäschetrockner... Spiegelschränke... praktisch..."

Du hast geweint, dachte Viktoria, an meiner Schulter, in meinen Armen hast du geweint, in unserer Schulzeit wegen einer Zensur, später dann um einen Jungen, der ging, um einen Jungen, der nicht kam, wegen deines Mannes, der dich betrogen hatte oder einer Nachbarin, die dich quälte. Tränen stürzten aus deinen Augen, Tränen rollten, überschwemmten, durchnässten meinen Pullover, und ich tröstete dich und war etwas befremdet, weil dein Kummer so laut, so beredet war. Als du mich fragtest, was mich zum Weinen bringen könnte, antwortete ich: "Zwiebeln"; wir lachten und du strahltest schon wieder und wir gingen ins Bad, wo du dein verweintes Gesicht mit Wasser kühltest.

"Dort drüben", sagte Julia, "liebt dich wohl... lässt dich nicht aus den Augen..."

Du bist noch immer grundlos neidisch? dachte Viktoria, die Blicke des Mannes am Nebentisch haben mich höchstens zufällig gestreift, aber selbst wenn du recht hättest... Du würdest mir nicht glauben, wenn ich dir sagte, dass ich noch nie mit der Bewunderung meiner Person umgehen konnte, immer hatte ich Angst, wenn ich im Mittelpunkt stand, nie wusste ich, was ich sagen, was ich tun sollte. Lieber als den Mann am Nebentisch mag ich jenen dort, der nicht schreit, es aber auch nicht ignoriert, dass seine kleine Tochter eine Blumenvase vom Tisch gerissen hat; oder die Frau, die selbstvergessen über die Wolle einer Jacke streicht, die sie vielleicht heute gekauft hat; ihre Hand erforscht neue, warme Welten, herbstlaubfarbene Welten.

"Früher", sagte Julia, "wir waren dumm... oft schmutzig... lächerliche Wildfänge..."

Vorsicht, dachte Viktoria, du reißt die Flicken aus der Brücke, die von mir zu dir führt, und wirfst sie in das lehmig gurgelnde Wasser, das uns trennt, siehst du nicht den Riss, der sich bildet, dort, vor deinen Füßen...

"Ich schäme mich", sagte Julia, "Albernheiten... früher sagte man wohl Backfische... linkisch... hässlich..."

...hörst du nicht das Knarren des morschen Holzes...

"Niemals", sagte Julia, "habe ich geliebt... nichts... niemanden...nur Enttäuschungen..."

...die Flicken bröckeln ab, dachte Viktoria, fallen in die braungelbe Flut, Holz bricht, der Riss wird breiter, die Pfeiler bersten. Du gehst zu deinem weit entfernten Ufer zurück, ohne das Unglück wahrzunehmen, ich springe beiseite, um mich zu retten, um nicht mit der Brücke endgültig in den aufgewühlten Wassern des Flusses zu verschwinden.

"Ich bin beliebt", sagte Julia, "tausende von guten Freunden... kontaktieren mich ständig... Handy, E-Mail, Internet..."

Es ist vorüber, dachte Viktoria, und mein durch keine Löwenbäume, nächtliche Stimmen, Seeufer und verschwimmende Rücklichter getrübter Geist beurteilt dich.

"Ausgehen", sagte Julia, "trinken... tanzen... flirten... vergnügen..."

Ich klage dich - zu Unrecht? - an, dachte Viktoria, dein dir anvertrautes Gut verwahrlosen zu lassen. Ich mache dich dafür verantwortlich, dass das auf dem Land im Auge des Wirbelsturms, das du bist, nichts gedeiht, dass es verschüttet wurde, so dass niemand dort leben kann, selbst du nicht oder die Menschen, die dich lieben. Aus diesem Land bin ich abgeschürft und verletzt hervorgegangen und die Brücke zerbrach, mein Geist wurde klar und ich fälle ein Urteil: Ich werde dich nicht wiedersehen.

Eine alltägliche Geschichte

Es war ein schöner Tag. Der Himmel war hoch und sehr blau, die Sonne fiel schräg auf flirrende Schieferwände, zitterte über Birken hin, als liefe unablässig glitzerndes Wasser an ihnen herab. Jedes gelbe Blatt leuchtete.

Gerd stand am Fenster und sah dem Tag zu, dem Sonnenschein, dem Wind in den Bäumen. Er wusste, dass er sich eigentlich am Anblick dieses Herbsttages freuen müsste, aber er freute sich nicht. Der Blick, mit dem er dem kreisenden Taubenschwarm folgte, war gleichgültig. Das düstere Gesicht, die herabhängenden Schultern sagten: Es ist aus.

Als sich die Tür öffnete und Schritte über den Teppich auf ihn zukamen, bewegte er unwillig die Arme und steckte die Hände in die Hosentaschen. Jetzt stand sie neben ihm, er spürte sie ganz deutlich, spürte ihre warme Lebensfreude, die sie mühsam zu dämpfen versuchte, als sie ihn so traurig dastehen sah.

"Ist das nicht", begann Gabi zögernd, deutete aus dem Fenster auf den strahlenden Tag und endete triumphierend, "herrlich?"

"Ja", antwortete er düster.

Sie stand eine Weile still neben ihm. Er glaubte genau zu wissen, was in ihr vorging. In ihr kämpften vornehme Zurückhaltung, liebevolles, ratloses Mitleid und raue Burschikosität um die Vorherrschaft.

"Kann ich dir irgendwie helfen?"

Aha, dachte Gerd, das Mitleid hatte gewonnen.

"Nein", sagte er. "Nein, leider, leider nein."

"Komm, gehen wir spazieren."

Gabi probierte ihre Heilmittel an ihm aus, wie sie es immer tat. Er hätte sich gerne darüber geärgert oder amüsiert, doch ihm war alles einfach gleichgültig. Gut, er würde ihr Heilmittel probieren, weil es auch seins war. Nützen tat es bestimmt nichts. Genauso wenig, wie ihm heute ihre anderen Heilmittel helfen würden; das waren: das warme Schaumbad, das gute Buch, die Tasse schwarzer Tee mit Zucker und Sahne, die aufputschende Musik. Heute wäre alles vergeblich.

Die Straßen waren trocken und hell; kerzengerade stieg weißer Rauch aus manchen Schornsteinen, verwehte, richtete sich wieder auf. Sie fuhren zu einem seiner Lieblingsplätze und stiegen aus dem Wagen. Gerd ging schnell, er lief beinahe, mit gesenktem Kopf und zusammengezogenen Brauen. Gabi hielt mühelos Schritt, wenn sie nicht gerade von Hund Grischa seitwärts an einen Baum gezogen wurde. Er spürte sie neben sich; es fühlte sich eher an, als ginge etwas Tierisches neben ihm, etwas, das animalische Lebenslust ausstrahlte. Und er fand es ungehörig. Neben ihr wurde er noch verkrampfter, bis er sogar die Zähne zusammenbiss und die Hände zu Fäusten ballte.

Wie gern sie alles berührte! Im Wald glitten ihre Hände über Baumrinden und Zweige, über Steine, Blätter und Moose. Sie hob Kastanien auf und Eicheln, um sie ihm zu zeigen, sie sagte: "Sieh doch!" oder "Fühl mal!" aber er blieb stumm. Trotzdem marschierte sie unverhohlen strahlend neben ihm her, still genießend. Sie dämpfte ihre Freude nicht mehr. Auch nicht für ihn, nicht seinetwegen. Wahrscheinlich hatte sie ihn längst vergessen.

"Brombeeren!" sagte sie plötzlich und blieb stehen. "Und so viele!"

Grischa rupfte sich schon die dicken Beeren aus den unteren Ranken. Gabi nahm ihr Halstuch ab und sammelte weiter oben die reifen Früchte vorsichtig vom Strauch. Gerd sah ihr zu. Er wollte ihr nicht helfen. Er mochte diese krallenden. dornigen Zweige nicht, die Spinnnetze, den grellvioletten Beerensaft, der hässliche Flecke auf Händen und Kleidung hinterließ. Brombeeren konnte man schließlich auch als Marmelade kaufen, hübsch appetitlich in glatte Gläser gefüllt. Er liebte die Natur, doch mit etwas mehr Abstand, und sie durfte keine Arbeit machen.

Er ging langsam weiter, mit gesenktem Kopf, setzte Fuß vor Fuß, machte Schritt für Schritt. rechtes Bein, linkes Bein, rechtes Bein... Erst, als er an den Waldrand trat, sah er auf.

Alles wurde anders. Das *Es ist aus* verschwand, zuerst widerstrebend, dann immer schneller aus seinem Gesicht. Der Himmel wölbte sich blau - und nie ist der Himmel blauer als im Herbst - über dem leicht abfallenden Land. Ein Wiesenweg führte an umgebrochenen Feldern und feuchten Wiesen vorbei, bedrängt von Rainfarn und Kamille. Vielleicht war ja doch nicht alles aus, vielleicht begann einfach in diesem Moment das Leben neu. Gerd fühlte sich mit einem Male jung und frei und kräftig; es war gut, wenn einem Menschen hin und wieder die Sicherheiten genommen wurden, auf die er sein Dasein aufgebaut hatte; Obstbäume wurden doch auch zurück geschnitten, damit sie im nächsten Jahr kräftigere Zweige und mehr Früchte hervorbrachten.

Beschwingt ging er den Weg hinunter. Er war frei, ein neues Leben zu beginnen. Und diesmal, ja dieses Mal...

Doch sein Verstand wurde zum Dämpfer des großartigen Gefühls. Er war tatsächlich, wenn seine

Eltern es auch nicht glauben würden, ein vernünftiger Mensch. Ein realistischer Mensch. Niemand konnte behaupten, dass er sich etwas vormachte. Und wirklich, nachdem er knapp fünfzig Meter Wiesenhang hinter sich hatte, war er bereits wieder sterbensmüde, gebrochen, ohne Hoffnung.

Dann sah er das Pony auf der Weide stehen. Hey, dachte er, kennen wir uns nicht? Das Unglaubliche geschah und er vergaß seinen Kummer, Gabi, Grischa, seine Eltern, Brombeeren und die Zukunft. Er liebte Pferde. Er hatte jahrelang nicht mehr daran gedacht, dass er Pferde liebte. Auch vor einigen Monaten nicht, als ihm das davonstürmende Pony lediglich als Metapher gedient hatte.

Wie hatte er seine Liebe zu Pferden nur so einfach vergessen können? Sein altes Zimmer im Haus seiner Eltern mit Wänden so voller Pferdebilder, dass man die Tapete kaum sah. Ein gerahmter Spruch von Goethe, der endete: "Und ich reite froh in alle Ferne, über meiner Mütze nur die Sterne!" Und er erinnerte sich daran, wie er sich Reitstiefel zu Weihnachten gewünscht hatte und an die Gerüche und Geräusche im Reitstall, an Striegel, Kardätsche und Hufräumer. Das Knarren des Sattels. Die Wärme des Pferdes. Da gab es auch die Stute auf der Weide eines Bauernhofes, der er als Zwölfjähriger oft Möhren und Äpfel gebracht hatte. Bonnie hatte er sie genannt, die Hübsche. Sie war ein Fuchs gewesen mit einer weißen Blesse auf der Stirn.

Als Gerd sich dem Weidezaun näherte, ging er langsamer, blieb endlich einen halben Meter vor dem Zaun stehen und wartete. Die Ponystute hatte den Kopf gehoben und kam einige wenige Schritte auf ihn zu. Außerhalb der Reichweite seines Armes blieb sie stehen.

Ihre Ohren spielten unruhig und sie blähte die Nüstern und schnaufte. Gerd streckte die Hand aus.

"Komm, meine Schönste, komm her, ich tue dir nichts."

Bonnie hatte ihn damals immer schon von weitem erkannt; sie war ihm entgegengetrabt und hatte ihm die Stirn an die Brust gerammt. Und nachdem sie ihre Äpfel, ihre Möhren erhalten hatte, war sie nicht einfach davongegangen, sondern hatte ihren Kopf auf seine Schultern gelegt, und so hatten sie lange gestanden; er hatte ihren Hals gestreichelt und in ihrer Mähne gewühlt und war sehr glücklich gewesen. Doch eines Tages war sie nicht mehr da; er hatte sie nie wieder gesehen.

"Du bist ein feines Tier, ja, ganz lieb, ganz brav, komm her, komm..."

Die Stute machte einen Schritt vorwärts. Einen kleinen Schritt, einen einzigen Schritt nur. Gerds Arm begann zu zittern vor Anstrengung. er ließ ihn langsam sinken.

"Komm doch, nur einen Schritt. Komm, und dann noch einen und noch einen..."

Er hob den Arm erneut. Wenn sie ihm nur vertraute! Wenn sie zum Zaun käme und sich streicheln ließe! Dann wäre alles nicht mehr so wichtig. Sein Versagen wäre weniger schlimm. Er wusste nicht, warum, aber dass es so sein würde.

"Komm, mein Tierchen, komm..."

Verstohlen versuchte er, sich näher an den Zaun zu schieben, doch die Stute bemerkte es, und unter ihrem argwöhnischen Blick zog er den schon ausgestreckten Fuß wieder zurück.

Zeit verging. Gerd nahm den ausgestreckten Arm wieder herunter und versuchte dann, näher zum Zaun zu gehen. Das klappte, ohne dass sich die Stute gerührt hätte. Als er nun die Hand ausstreckte, kam sie einen Schritt näher. Es wurde immer wichtiger für ihn, das Pony heranzulocken. Er wollte die weichen Nüstern streicheln, die Stirn kratzen, hinter den Ohren kraulen und den Hals klopfen. Damit hätte er einen Sieg errungen über Misstrauen und Ungeduld. Und er brauchte jetzt einen Sieg, dann könnte er leichter mit Gabi und seinen Eltern reden.

"Du bist auch eine Hübsche, komm doch her..."

Nicht, dass er glaubte, Gabi würde ihm Vorwürfe machen. Das würde sie nicht tun. Sie würde ihm sofort und ohne zu überlegen versichern, dass alles nur halb so schlimm sei, das nichts so heiß gegessen wird, wie gekocht, dass Probleme dazu da sind, um gelöst zu werden, und überhaupt, solange sie gesund waren und zusammen - was könnte ihnen schon etwas anhaben? Und sie würde sich mit Feuereifer daranmachen, zu sparen und hauszuhalten, sie brächte Holunder- und Brombeeren nach Hause, um selbst Marmelade zu kochen, sie würde die alte Nähmaschine vom Dachboden ihrer Mutter holen und ihre Kleider selber nähen und wahrscheinlich, dachte er sarkastisch, würde sie soweit gehen zu bedauern, dass sie keine Schafe auf dem Balkon halten konnte, um die Wolle selbst zu spinnen und die Stoffe selbst zu weben.

Kein Zweifel, bei Gabi würde der alte Pioniergeist hervorbrechen. Und sie würde seine Verzweiflung nicht nachfühlen können mit ihrem geringen Ehrgeiz und ihrer völligen Gleichgültigkeit dem gegenüber, *was die Leute sagen*". Und genau das war es, was er fürchtete: ihr Unverständnis.

"Komm doch, mein Pferdchen", drängte er leise.

Seine Eltern würden natürlich sagen: wir haben dich gewarnt. Und das hatten sie auch. Immer und immer wieder. Man nimmt keinen Kredit für eine so teure Wohnung auf, wenn die berufliche Probezeit noch nicht vorüber ist. Man hängt sich in deiner Situation keine Verantwortlichkeiten an den Hals, denen man nicht gewachsen ist. Sei vernünftig. Nimm Vernunft an. Nennst du das vernünftig?

Schließlich hatte er das Wort Vernunft nicht mehr hören können und war in seine Traumwohnung gezogen - Vernunft hin, Verantwortlichkeit her, trotz allem.

"Komm, meine Hübsche, schönes Tier..."

Die Ponystute hob ein Vorderbein, ließ es ein wenig unentschlossen in der Luft hängen, machte dann doch noch einen Schritt nach vorn. Jetzt war ihre Nase so nahe, dass Gerd ihren Atem an seinen Fingern spürte. Sie roch an seiner Hand und schien lange nachzudenken. Unwillkürlich machte er eine ungeduldige Bewegung, ihr Körper spannte sich und sie hob den Kopf.

"Nein, bleib hier, lauf nicht weg, ich tue dir nichts..."

Gestern war er in das Büro seines Chefs gebeten worden. Es war sehr hell gewesen in dem großen Raum, beige und weiß; ungehindert strömten Licht und Sonne durch die beiden hohen Fenster. Der Chef hatte sich aus seinem Sessel erhoben und ihm die Hand geschüttelt, doch ihn nur ganz kurz angesehen, bevor er ihm einen Sessel anbot.

Gerd hatte auf dem ledernen Rohrstahlmöbel Platz genommen und zugesehen, wie der Chef ein paar Papiere auf dem Schreibtisch hin und her schob, auf die Uhr sah, seine Brille abnahm und die merkwürdig nackten, hellblauen Augen auf ihn richtete. Er hätte nichts mehr zu sagen brauchen, aber er sprach trotzdem. Obwohl schon alles klar war. Gerd wusste, was kommen würde.

"Sie wissen ja, dass bei der heutigen wirtschaftlichen Lage ein Betrieb dieser Größe..."

Gerd hatte nicht mehr zugehört. Er hatte aus dem Fenster gesehen, wo hochgetürmte, unten abgeflachte weiße Wolken über den Himmel segelten. Waren das Schönwetterwolken? Bedeuteten sie Regen? Ihm war so, als hätte er diese Dinge einmal gewusst, früher, als er noch ein Junge war.

"Sie müssen sich auch mal in meine Lage versetzen", sagte der Chef, "die Gesamtsituation sehen..."

Warum sollte ich? fragte sich Gerd und stand auf. Das Gespräch war beendet. Was noch fehlte, waren ein herzlicher Händedruck und die Worte - ja, da kamen sie auch schon:

"Wir werden Sie vermissen."

Gerd hatte draußen im Gang gestanden und sich darüber gewundert, dass eine Welt so leise und mit so wenig äußerer Veränderung zusammenkrachen konnte. Arbeitslos. Plötzlich hatte er gelacht und den Kopf geschüttelt. So etwas passierte ihm doch nicht! Wenn, dann musste es so sein, dass *er* kündigte, weil er etwas Besseres vorhatte! Weil ihm dieser langweilige Job zum Kotzen unerträglich geworden war! Aber einfach so weggeschnippt zu werden wie eine Ameise vom Jackenärmel...

Er spürte die weichen Nüstern der Ponystute an der Hand.

Da kamen Gabi und Grischa aus dem Wald. Sie tobten den Wiesenweg hinunter wie die wilde Jagd.

"Heeeh!" rief Gabi laut und schwenkte das bunte, brombeergefüllte Halstuch. "Kuck mal, wie viele!"

Die Ponystute zuckte zusammen und riss den Kopf hoch. Sie warf sich herum und galoppierte auskeilend über die Weide.

Gerd stand unbeweglich am Zaun. Dann stieß er sich ab, trat vor und fing Gabi mit ausgebreiteten Armen auf. Über ihre Schulter hinweg sah er, dass die Stute sich langsam beruhigte, stehen blieb und sich in den Wind drehte. Sie hatte keinen Blick mehr für ihn, sah in die Ferne, horchte auf Laute, die nur sie hören konnte, blähte die Nüstern, holte tief Atem...

Gerd hielt Gabi ganz fest.

"Geht es dir jetzt besser?" fragte sie ihn.

"Oh, du...du..." stotterte er.

Aber es fiel ihm kein Schimpfwort, kein Kosename ein, der passend gewesen wäre.

Die Hülle aus Stahl

Ein hübsches Zimmer, dachte Lara, wie sie es sich jeden Morgen zu denken zwang, wenn sie vom Frühstückstisch aufgestanden war und ins Schlafzimmer zurückging. Eine hübsche Wohnung, verbesserte sie sich, als sie durch eine halb offen stehende Tür die große Standuhr im Wohnzimmer sah, die rötliche Wand dahinter und einen Streifen schwach gemusterten Teppichs. Es war wie stets der vergebliche Versuch, die Pflichten des Tages (und Pflichten waren immer unangenehm) noch einmal in das Loch zurückzujagen, aus dem sie kamen. In diesem Loch, sie konnte es sich genau vorstellen, in dem alles staubfrei war und von A bis Z geordnet und wo Aktenschränke unter grellem Neonlicht standen.

Ein wirklich hübsches Zimmer; sie schob die Schublade zu, in der Michael heute morgen nach seinen grauen Socken gewühlt hatte (sie waren in einem anderen Fach gewesen, sie hatte sie mit einem Griff gehabt); die gelben Vorhänge waren doch sehr nett und auch die weiße Tapete, die mit ebenfalls weißen Satinschleifchen gemustert war, die Nachttischlämpchen mit gelben Schirmen, die flauschige weiße Bettumrandung - man konnte doch ehrlich sagen, dass es ein sehr hübsches Zimmer war. Warum wäre ihr dann manchmal eine dunkle blaue Höhle lieber gewesen?

Sie zog die Gardine beiseite, öffnete das Fenster, schüttelte Kissen und Deckbetten auf. Dann ging sie in Lenas Zimmer. Ihre Tochter bestand auf ihrer eigenen Unordnung und so nahm sie nur die schmutzige Wäsche mit. Im Wohnzimmer fuhr sie mit ausgestrecktem Finger über ein Bücherbrett - Staubwischen? Nein, nicht nötig - puffte die Sofakissen zurecht (sie musste sich abgewöhnen Sofa zu sagen, jeder sagte Couch heutzutage), zwängte die Finger in die Polsterritzen. Es war so peinlich gewesen vor drei Jahren, und sie wurde heute noch rot, wenn sie daran dachte; ein Herr Schubert war zu Besuch gewesen und hatte im Oktober ein in Silberpapier eingewickeltes Schokoladenei aus der Polsterung gezogen, das Ostern da hineingeraten sein musste. Michael hatte gelacht und es gegessen, aber sie hatte sich geschämt.

Lara ging in die Küche zurück. Sie stellte das Frühstücksgeschirr zusammen. Sie streute die zusammengefegten Brotkrümel aus dem Fenster; die Spatzen warteten schon darauf, dicke, runde Federbällchen, wild tobend in den kahlen Zweigen des Sauerkirschenbaums. Ein Rabe krächzte trostlos und düster. Lara wandte sich um und ließ heißes Wasser in das Spülbecken laufen. Als sie das Wasser wieder abgedreht hatte, lauschte sie einen Moment nach unten, doch noch war alles still, Katharina schlief noch, oder sie las, mehrere Kissen in den Rücken gestopft, in irgendeinem verrückten Buch.

Sie mochte ihre Schwiegermutter. Selbst krank im Bett liegend versuchte sie, keine große Last zu sein, war sie oft erfrischend fröhlich; und trotzdem scheute sich Lara stets, mit ihr zusammenzutreffen. Katharina war einschüchternd, und gerade heute, wo sie mit ihr sprechen musste - Michael hatte sie darum gebeten - sträubte sie sich dagegen wie ein am Haken zappelnder Regenwurm. Regenwürmer zappelten zwar nicht, sie wanden sich höchstens, doch genauso fühlte sie sich: wie ein am Haken zappelnder Regenwurm. So unbedeutend, so nervös, nur als Mittel zum Zweck zu gebrauchen; ein äußerst gefährdetes Mittel zwischen Angler und Fisch, zwischen Michael und Katharina, blind, dumm, ängstlich.

Es half nichts. Lara räumte das gespülte und getrocknete Geschirr in den Schrank, schloss das Schlafzimmerfenster und ging hinunter ins Erdgeschoss.

(Am anderen Ende der Stadt trat Viktoria aus ihrem Haus, schloss die Tür, kraulte der Katze den Kopf, die auf der Gartenmauer des Nachbargrundstücks saß und ging langsam die regennasse Straße hinunter. Gestern und vorgestern und viele Tage lang hatte der Wind das trockene Laub kratzend um die Häuserecken getrieben, nun lagen die Blätter da, matschig unbeweglich, nass zusammengeklumpt in den verstopften Rinnsteinen, fischschuppenartig und glänzend auf dem Asphalt. Der Tanz der Blätter war zu Ende. Viktoria wechselte den leeren Einkaufskorb von der linken in die rechte Hand, sah zum Himmel hinauf - würde es wieder anfangen, zu regnen? - und setzte ihren Weg fort.)

Katharina war wach, sie lag in ihrem breiten Bett, neben ihr die schlafende schwarze Katze Moony, und sie sah zufrieden und rekonvaleszent aus. Sie ist noch schwach, dachte Lara, aber mit Katharina brauchte man nie Mitleid zu haben, und genau das war es, was sie zu einer so liebenswürdigen Kranken machte. Katharina war sich selbst genug, im Guten wie im Schlechten.

"Möchtest du frühstücken?"

"Nein, noch nicht. Mache ich heute wieder selbst. Schließlich bin ich nicht mehr krank."

"Gut", sagte Lara. Es war an einem Frühlingstag gewesen, als sie sich kennen lernten. Katharina hatte ihre Hand festgehalten und mit dem Kinn zum Horizont gedeutet: "Sind das Kraniche? Wildgänse?" und Lara hatte an ihren Großvater gedacht, der mit klaren Augen unter buschigen Brauen zum Himmel aufgeblickt hatte. Sie sah die Vögel in Form einer 1 dahin ziehen und antwortete leise: "Zugvögel." "Ja", hatte Katharina versonnen gesagt. "Kraniche oder Wildgänse."

"Du", sagte Lara jetzt, "ich wollte dir noch sagen - " aber das ließ sich nicht ausdrücken, man konnte nicht einfach sagen: manchmal wünschte ich, ich wäre so unabhängig wie du.

"Ja?"

"Dein Sohn", es war der klägliche Versuch eines Scherzes, "dein Sohn hat mich beauftragt, dir zu sagen, dass er an deinem Geburtstag nicht hier sein wird. Geschäftsreise, sagt er."

Katharina hob erstaunt die Augenbrauen.

"Und du glaubst ihm das nicht ?"

"Doch, ja, natürlich!"

Wie sollte sie Katharina erklären, dass es ihr manchmal - und jetzt war so ein Augenblick, gerade jetzt, als sich drei gezackte gelbe Blätter aus dem Ahornbaum vor dem Fenster lösten und zu Boden trudelten - völlig gleichgültig war, was Michael, was der ihr angetraute Mann tat, wenn er das Haus verlassen hatte? Sie liebte ihn, sie liebte ihn sehr, aber in solchen Momenten war es, als existierte er nur unter ihrem Blick, und wenn sie ihn nicht mehr sah, so lag er stumm und unbeweglich, wohl verstaut und sicher in einer Schublade ihres Gehirns, wie früher ihr Teddybär in der Spielzeugkommode. War es unmenschlich, so zu denken?

"Diese Raben..." sagte sie ablenkend und schauderte.

"Ich mag sie", sagte Katharina. "Sie gehören einfach dazu. Nebel und kahle Felder und das Krächzen von Raben. Weißt du..."

Und weiter ging es über Herbsttage, Hugin und Munin, den Tower in London und Juwelen, die Unglück brachten, Diamantenminen, Apartheid und Madagaskar. Doch Lara wollte das Krächzen der Raben nicht ertragen, wollte nicht von Zimmer zu Zimmer, vom Abwasch zum Bügelbrett, vom Buch zum Fernseher getrieben werden, um sich dann - solche Tage endeten meistens so - weinend ins Bett zu legen. Nein, sie wollte das nicht. Und deshalb war es gut, dass sie bald gehen musste.

"Ich fahre in die Stadt", sagte sie. "ich treffe Michael zum Essen und gehe einkaufen. Soll ich dir was mitbringen?"

"Wolle", murmelte Katharina. "Feine Wolle. Weiche, rote Wolle. Für ein uraltmodisches Umhängetuch. Was eigentlich nicht stimmt, ich habe in den Siebzigern auch eins getragen..."

"Angorawolle?" schlug Lara vor.

"Nein, Baumwolle. Nur eben ganz weich. Weinrot."

"Gut."

Lara ging hinaus und schloss die Tür. Sie ging hinauf in ihre Wohnung, wechselte die Schuhe, zog einen Mantel an und nahm ihre Tasche. Die feuchte Luft legte sich auf ihr Gesicht, als sie das Haus verließ und zu ihrem Wagen ging. Dicke graue Wolkenbänke hingen über dem Land, gelb-rote Blätter fegten über die Wiese und klebten nass an den Autoscheiben. Einige schwache Sonnenstrahlen wiesen durch Wolkenlücken auf fahles Gras und machten die Öde vollkommen. Im Auto war es kalt und völlig still. Nur ihr Atem war zu hören, das Rascheln ihres Mantels, das leise Klingeln der Schlüssel;

schließlich der Motor und das Quietschen der Scheibenwischer. Plötzlich kroch es ihr feuerheiß oder eiskalt - warum konnte sie das nie genau unterscheiden? - den Rücken hinauf und verklumpte ihren Magen. Angst. Ein Wurm, dachte sie, ich bin ein an scharfem Haken zappelnder Wurm.

(Viktoria stand an der Bushaltestelle. Auto nach Auto fuhr vorbei, Motor nach Motor dröhnte in ihren Ohren. "'n Tag, Viktoria", rief ihr eine Radfahrerin zu. "Hallo, Frau...", antwortete sie, sie hatte den Namen vergessen. Braun hatte sie früher geheißen, hatte doch bei ihrer Heirat den Namen geändert, war jetzt geschieden - oder wieder verheiratet? Viktoria sah ihr nach, bis die braune Jacke und die rote Mütze um die nächste Ecke verschwunden waren. Da kam der Bus. Zischend öffneten sich die Türen und Viktoria stieg ein.)

Im Restaurant hatte Lara ihren Mantel an die Garderobe gehängt und gerade an einem der Tische Platz genommen, als ihr Handy klingelte. Sie lachte kurz und verächtlich auf: er hatte es wieder getan. Sie war sicher, dass Michael es wieder getan hatte: er hatte sich mit ihr verabredet, aber er würde nicht kommen. Und dann hörte sie seine Stimme:

"Entschuldige, aber..."

"Ja", sagte sie, "ja, ja."

Und sie wünschte sich, jemand anderes zu sein, jemand Unbeugsames, der Menschen leiden machen konnte; vielleicht jemand mit Reitstiefeln und wilden Locken und einer Peitsche, mit der sie ihre Wut an Tischen, Menschen und Grünpflanzen auslassen konnte; sausendes Pfeifen, dumpf klatschende Schläge, Schrammen und Wunden und zerfetztes Grün. Er hatte es wieder getan, er hielt seine Versprechen nie.

Doch sie war nur Lara, eine Hausfrau; jawohl, in dieser Zeit und an diesem Ort eine "Nur-Hausfrau" - wie sie den Ausdruck hasste, es klang, als wäre man kein ganzer Mensch - und Mutter. Sie war Lara in Hosenanzug und Halbschuhen und mit einem Goldring am Finger, sie war Lara, seine Frau.

"Es tut mir sehr leid", sagte er, "aber das kann ich nicht verschieben."

"Natürlich", sagte sie. Sie war die Verschiebbare. "Ich verstehe."

Konvention war ein Gefühl. Das Gefühl, aus einer millimeterdünnen Stahlhülle zu bestehen und innen hohl und leer zu sein wie eine Röhre. Kein Herz, kein Gehirn, kein Garnichts. Im Moment war ihr Michael fremd. Und gleichgültig. Er entschuldigte sich noch mal, sagte Nichtigkeiten, sagte Nettigkeiten, war ganz der liebe, aufmerksame Ehemann, sehr brav, viel zu brav.

"Dann bis...", sagte er und zögerte; vielleicht hatte er vergessen, ob er heute Nachmittag oder heute Abend oder in vier Jahren sagen wollte; konnte sein, dass er überhaupt hilflos war ohne seinen Terminkalender, ohne seine Sekretärin, ohne eine Schablone, ein Muster, an das er sich halten konnte. Was wäre ihr Mann für ein Mensch, wenn er nichts zu tun hätte? Sie stellte ihn sich vor, wie er immer den Mantelkragen hochschlug, um cool und abenteuerlich zu wirken. Wenn man ihm jegliche Möglichkeit nähme, sich zu beschäftigen und abzulenken, wenn man ihn also beispielsweise sieben Tage lang mitten im Wald an einen Baum fesseln würde - würden Regenbögen aus seiner Seele fallen oder Sägespäne? Und was würde ihre Seele unter denselben Umständen produzieren?

(Viktoria nickte dem Busfahrer im Rückspiegel lächelnd zu, sie kannte ihn von früher - aus der Schule? von der Kirmes? aus der Nachbarschaft? - und verließ den Bus, der sie ins Stadtzentrum geschaukelt hatte. Und nun? dachte sie einen Moment verwirrt; eine Kirchturmuhr schlug und ein Taubenschwarm flatterte auf, und nun? Doch fast sofort wusste sie es wieder. Zuerst wollte sie Schuhe kaufen, dann in den Supermarkt gehen.)

Lara war allein. Der Kellner stellte eine Tasse Kaffee vor sie hin; eine Frau, ganz in langweiliges Beige gekleidet, ging vorbei; der Mann am Nebentisch las Zeitung. Und dort hinten: ein klares, in sich bewegliches, neonblaues Viereck - sie hatte bisher nicht gewusst, dass dort ein Aquarium stand. Sie lehnte sich zurück, griff nach ihrer Tasse. Sie versuchte, ihre Hand müde aussehen zu lassen, ihr Gesicht blasiert, mondän, herablassend; wie eine Frau, die an Wichtigeres zu denken hatte, als an die Tatsache, dass sie allein in einem Restaurant saß und eine Tasse Kaffee trank. Wie eine Frau, die gleichgültig über ihre Umgebung hinwegsah, die daheim seidige Hausanzüge und federbesetzte Pantöffelchen mit hohen Absätzen trug (gab es die überhaupt im realen Leben oder hatten sie nur in alten Schwarzweißfilmen existiert?), mit Zigarette und Sektschale in den Händen auf einer Sessellehne saß und an eine Party dachte oder ein Dinner - und dann fasste er, dächte sie, nach meinem Arm und sagte: Sie sind die Einzige! und als er ihre Hand küsste, kitzelte sie sein Schnurrbart und sie fand ihn langweilig, und das sagte sie ihm auch: Herr Graf, Sie langweilen mich.

(Viktoria mochte Schuhgeschäfte nicht. sie waren überheizt und voller Gerüche, Leder, Kunststoff und

Schuhspray. Blaue, rote, weiße, schwarze Schuhe. Schuhe mit Schleifchen, Klettverschluss, Lochmuster, geschnürt. Boden, Wände und Decke des verschachtelten Raumes waren in dezentes Braun gehüllt und blitzende Spiegel schnitten mitleidlos klare Vierecke in das verschwommene Bild. Viktoria kaufte ein paar Schuhe trat aufatmend durch sich selbsttätig öffnende Glastüren ins Freie.)

Es wirkte nicht; Lara fiel in sich zusammen, wurde ganz klein über ihrer Kaffeetasse - ein Wurm, ein am Haken zappelnder Wurm. Sie dachte darüber nach, ob sie sich schon einmal so gefühlt hatte, so nervös, so winzigklein, so unzufrieden. Sie bezahlte ihren Kaffee und verließ das Restaurant.

(Den ratternden Einkaufswagen über die oft schief nach oben stehenden Bodenfliesen schiebend, sah Viktoria auf ihre Liste. Manches hatte sie nicht gekauft, anderes Außerplanmäßige in den Wagen geworfen. Sollte sie das Gemüse hier kaufen oder morgen auf den Markt gehen? Knoblauch und Suppengrün baumelten vor ihrer Nase, Zitronen und Orangen hingen in Netzen an blanken Haken. Ein halber Rotkohl lag in einer Lattenkiste; dieses gekrauste rot und weiß, diese dünnen, wie gewachsten dunkellila Blätter, fest um den hellen Strunk komponiert - das faszinierte sie. Sie nahm den halben Kohl und legte ihn zu Zahnpasta, Käse und Schwarzbrot in den Wagen.)

Lara wusste, dass sie die Frau kannte, die dort am Gemüsestand einen Rotkohl nahm. Es war die Haltung, die sie kannte, wie sie dastand, wie sie sich bewegte, wie sie eine Tüte in ihre schalenförmig gekrümmten Hände nahm, anstatt sie mit drei Fingern am oberen Rand anzufassen. Lara hatte sie schon getroffen, die Umgebung war eine andere gewesen - eine blaue Tapete, der schwere vergoldete Rahmen eines Bildes, ein sandheller Teppich; Katharinas Wohnzimmer - und ihr Name war Viktoria, sie erinnerte sich jetzt, eine Patentochter Katharinas, auf die sie eifersüchtig gewesen war, weil Katharina sie ihr vorzog.

Lara nahm ihren Mut (den Mut eines feigen Wurms, dachte sie) zusammen, ging hinüber und sprach Viktoria an.

"Viktoria?"

"Ja", sagte Viktoria abwesend, "ach, Sie sind's."

Das war alles. Und diese Frau, dachte Lara, und der kleine nagende Schmerz war wieder da, zog Katharina ihr vor.

"Es ist heutzutage so praktisch mit den durchgehenden Geschäftszeiten. Man macht sich gar nicht klar, das das nicht immer so war." Konvention, dachte sie, eine Hülle aus Stahl.

"Ja, das stimmt."

Ein Loch in die Hülle bohren, dachte Lara, es musste ihr gelingen, ein Loch in die Hülle zu bohren.

"Als wir uns kennen lernten damals"; das war falsch, grundfalsch, wie sollte sie den Satz beenden? "da hatte ich das Gefühl", welches Gefühl hatte sie gehabt außer dem der Eifersucht? "das Gefühl, dass Sie..." sie schwamm in einem Meer aus Verlegenheit, "dass Sie meinen Mann mögen..."

Es stimmte; als sie es aussprach, wusste sie, dass es stimmte. Viktoria mochte Michael.

"Ja, natürlich. ich kenne ihn schon so lange. In letzter Zeit allerdings", sie deutete mit großer Geste auf eine Rasierwasserreklame, "ist er ein wenig so geworden oder irre ich mich?"

"Nein", sagte Lara schnell. "Nein, so ist er nicht."

Und selbst wenn er so wäre? Sie sah sich das Pappschild genauer an. Ein gepflegter Mann mit einem Handtuch um den Hals, ein Mann, der sich herausfordernd im Spiegel betrachtete und der gut aussah. Ein Mann, der Entscheidungen traf, der Menschen führen konnte; ein ganzer Mann, wie man so schön sagte, der im Kampf ums Überleben in dichten Urwäldern oder auf hoher See immer Sieger blieb. Er regelte das menschliche Zusammenleben; er schoss Wilde zusammen, die sich ihm widersetzten; er machte Gesetze und sorgte dafür, dass sie eingehalten wurden; er ließ die Wildnis roden und Häuser bauen; er war edelmütig gegenüber den Schwachen und unbeugsam seinen Feinden gegenüber; er verteidigte Heim, Herd, Frau, Kinder, Kuh, Kalb und alles, was sein war. Warum sollte Michael ihm nicht gleichen? Man konnte sich sicher fühlen bei diesen Männern und geborgen, man brauchte nichts zu tun, als an sie zu glauben. Es waren die Männer, die in alten Hollywoodfilmen in Technicolor gegen übermächtige Feinde kämpften und zum Schluss die zimperlichen Mädchen in den Organdy- Rüschen küssten.

"Sie meinen...es gibt sie nicht wirklich, diese Männer?"

"Ich meine, dass der Waschlappen durchkommt, sobald sie auch nur einen Schnupfen haben."

"Aber wir alle sind doch zum Teil Waschlappen..."

"Ja. Also warum das nicht von Anfang an zugeben?"

"Das wäre doch ein Zeichen von Schwäche!"

"Ja?"

Viktoria nahm sich ein Bund Suppengrün, warf es in den Einkaufswagen und sprach von einer heißen Suppe, die gut tun würde in dieser Jahreszeit.

"Aber", protestierte Lara, "Michael?"

"Ich finde ihn im Moment nicht wieder. Aber das ist schon öfter vorgekommen, das ändert sich mit der Zeit."

"Ich verstehe", sagte Lara, aber eigentlich meinte sie, dass sie sich bemühte, zu verstehen.

Als sie an der Kasse stand und ihren Einkauf auf sich zurutschen sah, war sie stolz auf sich. Sie hatte es geschafft. Sie hatte die Konvention durchbrochen, es war also möglich, ein Loch in die Hülle aus Stahl zu bohren.

"Es war nett..." begann Viktoria, als sie vor der Tür standen, doch Lara ließ es nicht gelten, schließlich hatte sie die Hülle aus Stahl durchbrochen; sie stellte ihre Tasche mit einem Ruck auf den Boden, als hätte sie: Moment mal! gesagt.

"Mögen Sie den Herbst? Die Krähen?" fragte sie und wünschte sich, dass Viktoria den Herbst lieben sollte, dann würde sie von buntem Laub und goldenem Herbstlicht sprechen - und falls sie den Herbst nicht mochte, würde sie auf feuchtkalte Morgennebel hinweisen, auf Regen und das Kürzerwerden der Tage. Sie würde Viktoria zwingen, sie zu mögen, oder wenigstens zu respektieren - Viktoria sollte an sie denken, wenn sie nach Hause ging; sie sollte denken, Lara ist eine Persönlichkeit.

"Den Herbst... Ja." sagte Viktoria.

Und Lara sprach vom Himmel, dessen Herbstblau so intensiv, von Ahorn und Linden, deren Herbstgelb so leuchtend war, sprach von der Obsternte, von Birnen...

"Die beiden Birnbäume in Katharinas Garten", unterbrach Viktoria.

"Ja?"

"Diese beiden Bäume sind die ersten, die im Frühling blühen. Und dann im Herbst", sie stellte ihren Korb ab, "hab ich fast immer geholfen, die Birnen zu ernten und einzumachen. Auch Michael machte mit und kletterte in die Bäume. Es waren immer goldene Tage und wir haben Butterbrote mit Holunderbeermarmelade gegessen. Und natürlich den letzten Wespen ihren Teil abgegeben. Ich erinnere mich noch gut."

Und man sah ihr an, dass sie sich erinnerte, dachte Lara; Viktoria blickte sinnend an ihr vorbei und lächelte plötzlich. Man war versucht, sich umzudrehen und nachzusehen, worüber sie lächelte - hatte sie einen Bekannten gesehen oder einen Welpen mit dicken Pfoten? - obwohl man genau wusste, dass sie ihren Erinnerungen zulächelte, dem Mädchen, dass sie einmal gewesen war, dem Jungen, der Michael einmal gewesen war. Und es gab ihr wieder einen Eifersuchtsstich, dass Viktoria Katharina und Michael gekannt hatte, mit ihnen geredet und gelacht hatte, viele Jahre, bevor sie selbst in deren Leben getreten war.

"Also ich", sagte sie heftig, "ich hasse den Herbst."

Viktoria betrachtete Lara genau und interessiert. In Laras Schläfen klopfte der Puls; sollte sie jetzt einfach schreien? Und sie spürte sich jemand werden, nicht jemand, der sie gern gewesen wäre (die romantische Gestalt im Sommerwald; die elegante Frau, die weltpolitische Entscheidungen traf; die Komtess in Samt und Seide), nicht jemand, der sie sich einredete zu sein (der am Haken zappelnde Wurm), nicht einmal jemand, der Lara hieß. In irgendwelchen Tiefen hob sich eine Gestalt aus dem Urschlamm, die sie wirklich war, und sie wünschte sich, sie deutlicher zu fühlen, sie zu packen und nie wieder loszulassen.

"Ich muss jetzt gehen", sagte Viktoria leise.

"Ja", sagte Lara und ließ den Kopf hängen, "ich auch."

Und während sie sich verabschiedeten, glitschte ihr neugeahntes Ich auf der schmierseifigen Kugel des Sich-bewußt-Werdens hinab, fiel und verschwand hinter opalisierenden Schleiern.

Alexander

Alexander wachte auf, als die Wohnungstür zuschlug. Endlich, dachte er, endlich; die wackeren Jungs von Scotland Yard hatten es wieder einmal geschafft und der Ripper war gefangen, die Zellentür schlug Unheil verkündend hinter ihm ins Schloss.

"Ripper?" murmelte er schläfrig, "Blödsinn." Und seit wann benutzte er Worte wie *wacker*?

Dann fühlte er die Kopfschmerzen; erst leicht, fast diskret pulsierten sie durch seine Schläfen, doch sie wurden stechend, schlimmer; mit jedem Atemzug, jedem Blinzeln, jedem Augenblick - seine Zungenspitze befühlte die Lippen, waren sie geschwollen, hatte er sich geprügelt in der letzten Nacht? denn auch das war schon vorgekommen - steigerten sie sich, bis er Zähne, Augenhöhlen und Wangenknochen fühlte wie mit schmerzenden Nerven bedeckt, ähnlich wie mit Flechten überzogene Steine.

Er öffnete die Augen nicht, Das würde zu weh tun. Jemand war gegangen, erinnerte er sich. Jemand ohne Namen, jemand mit einem verschwommenen Gesicht, jemand, der sich gestern Nacht zu alleine gefühlt hatte, um nach Hause zu gehen.

"Wieder mal", stöhnte Alexander und riss die Augen weit auf, um zu sehen, um all das zu sehen, die zerwühlten Laken und seine Kleidung, die verstreut auf dem Boden lag; die Flaschen waren leer und der Aschenbecher voll, und die Sonne machte alles nur noch verworfener.

Ein abgestandener Geruch nach kaltem Rauch - oh nein, nicht nur von Zigaretten - nistete überall, in den

Vorhängen, den Betttüchern, dem Teppich, und Alexander presste die Hände an den Kopf. Doch er sah hin, betrachtete aufmerksam all die Spuren von Verwüstung; er mehrte seine Qual, um sie bis zur Übertreibung zu steigern, und sich dann, wenn er sich bei dieser Pose ertappte, auszulachen, zu sagen: mein Alter, für die Tragödie hast du kein Talent und sich wieder gern zu haben, aber die Qual war zu echt, der Geruch zu schal, das Zimmer zu grell beleuchtet.

Er ließ sich zurückfallen. Schmutzig war es. Klebrig war es und schwül. Er war eine Fliege, die in zähem, übersüßen, rosafarbenen Sirup ertrank. Die Füße tauchten hinein, er zappelte, die Beine sanken tiefer und tiefer, der Sirup erreichte seinen Bauch, er spürte Todesangst und strampelte, trat nach dem ekligen Brei, der zu zäh war, um darin zu schwimmen, nicht fest genug, um darauf zu gehen; seine Flügel verklebten, seine schimmernden, schillernden, hauchzarten Flügel wurden besudelt, klebten fest; nun sein Gesicht, sein Mund, schreien wollte er, doch rosafarbene Übersüße floss über seine Lippen, verstopfte seine Nase, erstickte ihn -

Schweiß brach aus seinen Poren und er stützte sich auf die Ellbogen hoch. Er hatte entschieden zuviel Fantasie. Langsam stand er auf und tastete sich an den Wänden entlang ins Bad. Wasser war es, das er brauchte. Trinken wollte er, herumspritzen und plantschen, sauber wollte er werden und seine Flügel sollten wieder zart in allen Regenbogenfarben schillern.

Er öffnete die Badezimmertür, stieß sich am Türrahmen ab und beugte sich über das Waschbecken. Und wie er da gebückt stand, die eine Hand bereits am Wasserhahn, die andere auf dem Beckenrand, erstarrte er - da klebten Haare, zwei dunkelbraune Haare klebten dort in einem

Matsch aus Seifenschaum und Schmutz; und der Ekel durchrann ihn wie ein stumpfes Messer, würgend lehnte er an der gekachelten Wand, ließ sich zu Boden gleiten und legte die Stirn an den kühlen Wannenrand.

Kälte; ja, Kälte tat gut. Kälte konnte lindern. Warum war er kein Mönch, der in schwarzer Kutte auf dem kalten Mosaikboden vor dem Altar liegen durfte und seine Sünden bereuen? Er konnte sie sich vorstellen, die Stille, die in dem alten Gebäude herrschen würde, und die Dunkelheit und den Trost, die ihm das Wissen brachte, dass es Menschen gab, die Kapellen bauten, Kirchen, Dome, Klöster, alles für Gott, alles für eine unbeweisbare und daher um so mächtigere Kraft. Gott, dachte er, und wie jeder Mensch hatte er seinen eigenen Gott, den er mit niemandem teilte, auch mit der Kirche nicht; Gott - aber er war zu tief gesunken, als dass er an Gott denken konnte, hier, sauf dem Fliesenboden des Badezimmers, jetzt, nach dieser Nacht, die nur die letzte einer Reihe ganz ähnlicher Nächte war und mit den Haaren, die im Waschbecken klebten.

Er stöhnte. Sein Kopf schmerzte. Wasser, dachte er, kaltes Wasser. Ein Hirte durfte er vielleicht sein, wenn schon nicht ein Mönch, ein Hirte, dessen Herde hügelauf, hügelab, auf grünem Gras dahinweidete. Einige Schafe hatten in der Nacht gelammt - nein, das machte sein Magen nicht mit. Aber es gab Lämmer in der Herde. Er wusste nicht, wie viele, er konnte nicht zählen, nicht rechnen; lesen oder schreiben hatte er auch nie gelernt. Ob er Flöte spielen konnte? Hirten spielten doch oft Flöte, oder? Jedenfalls knufften die Lämmer ihre Mütter, die Sonne war soeben aufgegangen und in der Nähe war ein klarer Bach, nein, besser ein Wasserfall, unter den er sich stellen konnte. Das Wasser wusch den Dreck dieser

Nacht von ihm ab. Das war gut. Das war Leben. Aber es gab noch die Haare im Waschbecken (warum hatte er sich gerade darauf so fixiert?). es gab den vollen Aschenbecher, die leeren Flaschen, den übersüßen Sirup, et cetera, bla bla. Er brauchte nur den Kopf zu heben und die Augen zu öffnen, es war alles noch da.

Doch niemand zwang ihn, hier zu bleiben, er konnte - und plötzlich war es nicht mehr schwer, aufzustehen und sich unter die Dusche zu stellen - in sein Atelier gehen, er konnte, wenn er seine Cousine Eva dort traf, zu ihr sagen: "Ich hasse die Frauen". Und in dem Moment, in dem Eva sich bewusst werden würde (er ging ins Schlafzimmer, er kleidete sich an), dass auch sie eine Frau war, oder in dem Augenblick, in dem es ihm einfiele; in dem Bruchteil einer Sekunde, wo sie bewerteten, wo sie erkannten, dass auch sie einer Gruppe angehörten, dass auch sie nicht so frei sein konnten, wie sie wollten (denn sie war eine Frau, er war ein Mann) würde das Verhältnis, das zwischen ihnen bestand, in tausend Scherben zersplittern. Und die mühsam zusammengeklaubten und wieder gekitteten bizarren Teilchen ergäben niemals mehr die Einheit, die sie einmal gewesen waren. eine Einheit in Gestalt eines Hühnereis; zerbrechlich und zart hielt es doch dem Druck von außen - denn es war schier unmöglich, ein Ei in der Hand zu zerdrücken - immer stand.

Und so gestärkt - er wusste, wohin er gehen wollte, er wusste, dass er Teil eines Ganzen war, das vielleicht groß genannt werden konnte, das aber auf jeden Fall wichtig war - verließ er die Wohnung, ging die Treppen hinunter und trat vor die Haustür. Das Sonnenlicht schmerzte in seinen Augen und er fand es unerträglich. Gegen Wind, Regen und Schnee wollte er sich stemmen, einem

Himmel mit schwarzen Wolken wollte er trotzen, aber da war nur eine sanfte, angenehme blaue Luft.

"Ich hasse die Frauen", wollte er sagen. Und Eva würde nicht fragen, wieso. Sie würde darauf warten, dass er es ihr erklärte oder auch nicht, dass er fluchte oder still blieb, dass er sachlich argumentierte oder Gläser an die Wand warf.

Er hasste, das war das Resultat seiner Überlegungen, das Prosaische an den Frauen, das Alltäglich-Gewöhnliche. Lockenwickler zum Beispiel (er kam an einem Stapel Kanalröhren vorbei, die erinnerten ihn daran), und ausgelatschte Pantoffeln und dass sie schmutzige Nylonstrumpfhosen in Waschbecken einweichten. Frauen, dachte Alexander, das sollte Dämmerung sein nach einem langen Sommertag, Gespräche in Badezimmern, Küchen und Gärten, auf Wannenrändern und Gartenmauern hockend; sollten Hände sein, die verschönerten, kräftige Hände, die arbeiteten, Hände, die sich schmückten mit Gold, Silber und Edelsteinen - sollte, vor allem, eine nicht greifbare Atmosphäre sein, zusammengesetzt aus Puderduft und Stimmen, die Sätze andeuteten, ohne sie zu beenden, aus einfachem Mensch-Sein, Verletzlichkeit und Stärke; doch drehte man sie um, diese mattgoldene Medaille, so stieß man auf eingeweichte Nylonstrumpfhosen, Lockenwickler und ausgelatschte Pantoffeln. Und da war er wieder: der Ekel.

Aber was könnte man dem vorziehen? Alexander blieb so abrupt stehen, dass zwei Jugendliche, die hinter ihm gingen und sich lebhaft unterhielten, glatt in ihm hineinrannten, doch er merkte das kaum. Er hasste auch das Prosaische an Männern! Er machte sich nicht die Mühe, Einzelheiten aufzuzählen, es gab so viele. Und das

Prosaische an Kindern! Und das Prosaische an Tieren, Pflanzen, Städten, am Leben überhaupt! Und vor allem das Prosaische an sich selbst.

Alexander ging langsam weiter. Er ekelte sich vor sich selbst, er hasste sich selbst. Niemand, der seine Werke, seine Bilder kannte, sollte je davon erfahren, niemand, der um diese Nächte wusste, sollte je seine Bilder betrachten - obwohl ihm das Image von Sex and Drugs and Rock 'n' Roll durchaus nützlich sein konnte, zog man Bekanntheitsgrad und Verkaufszahlen in Betracht. Für ihn selbst aber stand fest, Künstler, und er war einer, er war ein großer, sollten nicht nebenbei noch schwache Menschen sein müssen. Leider waren sie es trotzdem. Aber war es denn nicht störend für den Betrachter eines Bildes, um die Schwächen des Malers zu wissen? Alexander Linden, würde der Betrachter denken, war das nicht der, der sich selbst zugrunde richtete mit Drogen, Frauen, Alkohol, Männern, Glücksspiel oder was war das noch gleich gewesen?

Alexander ist sieben Jahre alt und bei seiner Tante Doris zu Besuch. Die Erwachsenen sitzen im Wohnzimmer und seine Cousinen sind nicht da, um ihm Gesellschaft zu leisten. Und deshalb tut er, was ihm sowieso das liebste ist, er streunt im Haus herum. Er ist neugierig. Er fühlt sich wie ein Naturforscher, umgeben von Gefahren und Neuland, das vor ihm noch nie ein Mensch gesehen hat. Und dann sieht er das Bild. Er bleibt davor stehen, fasziniert. Das ist das Fesselndste und Fordernste, was er je sah. "Van Gogh", sagt Tante Doris, "Café-Terrasse am Abend". Sie reißt das Blatt vom Kalender und reicht es ihm. Er nimmt es vorsichtig entgegen und trägt es nach Hause, hängt es über sein

Bett. Nachts schaltet er manchmal das Licht ein, um es zu betrachten und tagsüber steht er oft davor und betrachtet das Leuchten. "Van Gogh", sagt sein Vater irgendwann, "schnitt sich ein Ohr ab. Erschoss sich." Alexander wird blass. Er geht zurück in sein Zimmer. Über das Leuchten des Bildes scheint Blut zu laufen, die Farben werden ausgelöscht. Er sieht Blut und einen Wahnsinnigen, der sich selbst verstümmelt. Später gibt es dann neue Theorien, van Gogh habe das Ohr bei einem gewalttätigen Streit verloren und sich nicht selbst erschossen, aber Alexander wird kein Bild van Goghs mehr unvoreingenommen betrachten können. Das Leben des Malers überschreit seine Bilder. Und das soll ihm selbst nie passieren.

Alexander erreichte das Haus, in dem das Atelier lag, das er mit seiner Cousine teilte. Er öffnete die Tür und stieg die Treppen hinauf. Und dort stand sie nun. Sie murmelte: "Hallo", blickte ihn aber nicht an. Sie war ernst, konzentriert, vielleicht inspiriert, ihre Hand führte den Pinsel wie unter höherem Zwang von der Palette zur Leinwand, von der Leinwand zur Palette. Ihre weiße Stirn unter den straff zurückgesteckten schwarzen Haaren bedeutete ihm Reinheit. Alexander ließ sich in einen knarrenden alten Korbsessel sinken und das Gefühl, angekommen zu sein, wo auch immer, irgendwo angekommen zu sein auf einer Reise ohne Sinn und Ziel, verstärkte sich in ihm. Hier konnte er der Mönch sein, der auf alten Mosaiken liegend Frieden fand, hier der Schäfer, den der Gebirgsbach gesäubert hatte. Hier war nichts klebrig, nichts schwül oder ungeklärt, und die alten, staubigen Möbel, das Farbdurcheinander, die überall herumstehenden Leinwände und die Spinnweben, die an der Decke hingen beeinträchtigten diesen Eindruck nicht, verstärkten ihn eher. Aber warum? Er schloss die Augen.

Etwas stimmte noch nicht. Eva hatte ihn nicht angesehen. Sie wusste, dass er da war, natürlich, aber sie hatte ihn nicht angesehen, hatte ihn am Rande ihres Bewusstseins gehalten, um ihrem Bild keinen Schaden zuzufügen, um nicht den Eindruck, den sie sich bemühte, auf der Leinwand entstehen zu lassen, mit Alexander zu vermischen, so dass sie später sagen müsste: Bis hier ist alles klar und wahr, und dann kamst du und zwangst mich, dich zu bemerken und alles mischte sich, alles wurde trüber.

Aber genau das wollte er jetzt tun. Er wollte sie zwingen, ihn zu bemerken. Er fühlte, dass sie ihn nur anzusehen brauchte, wie sie ihn immer ansah, mit einem Aufatmen, einem Lächeln, dass sich ein wenig über sich selbst, über ihn, über die ganze Welt lustig machte, und alles wäre gut. Er wäre freigesprochen von Schuld und wieder aufgenommen in die menschliche Gesellschaft, könnte endlich vergessen. Den schmerzenden Kopf. Den vollen Aschenbecher. Die Übelkeit. Die leeren Flaschen. Das Gefühl, in Sirup zu ertrinken. Den Ekel. Die Haare im Waschbecken. Das alles minutiös aufzuzählen bereitete ihm ein perversen Vergnügen.

Er öffnete die Augen und da stand Eva in ihrer klösterlichen Schwarz-weiße und sah ihn nicht an. Aufstehend wollte er zu ihr gehen und ihr alles sagen - doch es gab nichts zu sagen. Und so trat er an das Fenster, ballte die Fäuste; er sah die Sonnenstrahlen schräg und matt auf kahle Bäume fallen, auf fahles Gras, auf eine weißgelb aufleuchtende Häuserwand. Eva musste ihn ansehen, jetzt, bald, bevor er unter dem Druck zerspränge und beichtete, bevor er also auch diesen Raum besudelte mit seiner Schwäche, seiner Sucht, seiner Labilität, seinem Ekel.

Eva klopfte leicht mit dem Absatz auf den Dielenboden. Alexander stand am Fenster, er nahm ihr das Licht, wie er so dastand und in den Garten und über die Höfe blickte. Und es sah ihm gar nicht ähnlich, dachte er bestürzt, so gedankenlos zu sein; doch plötzlich konnte er wieder freier atmen, sie hatte ihn, wenn schon nicht angesehen, so doch mit ihm kommuniziert, sie hatte ihn mit einem Klopfen auf den Boden vor sich selbst gerettet. Er setzte sich wieder in den Sessel. Nun war er sicher. Er betrachtete Evas Hände, diese kräftigen Hände, die kaum ein Zögern kannten, solange sie einen Pinsel hielten und die Palette.

Er mochte ihre Bilder nicht und sie nicht die seinen, aber das war schon lange nicht mehr wichtig. Wichtig war, dass sie einander nicht verbogen hatten, nicht verbiegen konnten. Was Alexander versuchte, war, Landschaften zu malen oder Blumen oder Dächer, als ob er selbst gar nicht anwesend gewesen wäre; diese blasslila Blumen an einer Gartenmauer zum Beispiel (das Bild hing an der Schmalseite des rechteckigen Raumes, es war das erste seiner Bilder, mit dem er halbwegs zufrieden gewesen war) - so mussten Blumen aussehen, wenn niemand sie ansah, wenn niemand an sie dachte und sie ganz allein waren mit sich selbst. Er bürstete von einem Objekt, von einem Eindruck, von dem, was er malen wollte, die Verstrickungen herunter, alle Vorurteile, die zornigen und mitleidigen Gefühle, alles Gewohnheitsmäßige und vor allem alles Prosaische herunter; er übertünchte nicht, er stellte nicht heraus, er idealisierte nicht, sondern kratzte alles von dem zu malenden Eindruck ab, was nicht Wesenheit und Wahrheit dieses Eindruckes war. Dann nahm er den geläuterten Eindruck, umwand und bekränzte ihn mit leichten Empfindungen, Nebensächlichkeiten und Erinnerungen, die aus ihm selbst geboren wurden und nicht den Schatten einer Bewertung enthielten.

Schließlich musste er noch versuchen, den Eindruck den langen, beschwerlichen Weg durch Auge, Herz, Gehirn, Arm und Pinsel zu geleiten, ohne viel Schaden anzurichten. Schaden jedoch nahm ein Eindruck immer, er stand immer einen Schritt jenseits seines Bildes, und erst, wenn es gelang, den Eindruck durch das Bild im Herz und Gehirn einer anderen Person entstehen zu lassen, selbst wenn es nur eine einzige Person war, erst dann war es ein gutes Bild.

Er wollte Bilder malen, dachte Alexander oft, ohne darüber zu sprechen, die einen zufällig Vorübergehenden wie Hände beidseits am Kopf packten, ihn anhielten, ihn aus dem Alltag herauszureißen versuchten und ihn soweit anhoben, dass er den Hintergrund seines Daseins, wenn schon nicht sehen, so doch wenigstens ahnen konnte.

Einmal, er war noch ein Kind gewesen, hatte er von einer Farbe gelesen, die noch kein Mensch zuvor gesehen hatte. Er hatte wach gelegen, Stunde um Stunde, der Schweiß war ihm ausgebrochen und er hatte Wadenkrämpfe bekommen und immerzu hatte er versucht, sich eine Farbe vorzustellen, die er noch nie gesehen hatte. Eine Farbe, die er nicht kannte - schließlich hatte er damals ein milchiges, perlengleiches Grau-türkis im Kopf gehabt, das ein wenig fluoreszierte, doch es war eben keine Farbe, die er noch nie gesehen hatte, sondern ein fluoreszierendes Grau-türkis.

Vielleicht würde er heute ein neues Bild beginnen; er würde das vorige Woche begonnene von der Staffelei nehmen - es war ein Bild von dem Gefühl, in Sonne zu ertrinken, ein Gelbgold, das Felsen pulverisierte und den Himmel verschlang - und ein neues beginnen. Blau würde er nehmen, viel kaltes Blau und Grün und weiß. Einen Eispalast würde er malen mit spitzen Formen und gezackten Linien, stoßen sollte man sich daran, frieren sollte man und doch merken: dies war Klarheit.

Doch er würde es nicht können. Seine Hand würde ihm den Dienst verweigern, würde zittern und feuchtwarm sein und ehrlicher als er, denn gab es Klarheit in seinem Leben? Gab es etwas anderes als Menschsein und Versagen und das Ertrinken in süßem Sirup? Wieder sehnte er sich nach Wasser, nach Kälte, nach Wind; eine Flut sollte kommen, eine mächtig rollende, schäumende Flut und alle Spuren und Narben tilgen, die in den Sand seines Lebens gekerbt waren. Nichts sollte zurückbleiben als glatter, jungfräulicher Strand, und sein Geist würde nicht mehr in die Risse purzeln, nicht mehr an den schweren Fußspuren haften, sondern sich sanft auf der Glätte ausruhen, auf der Übersichtlichkeit und Reinheit.

Alexander schüttelte sich. Im Grunde hatte er nicht das Talent zu großen Posen.

"Wasser!" stöhnte er theatralisch wie der Glöckner von Notre Dame, als der am Pranger hing, "Wasser!"

Er hatte Glück, denn Eva lachte.

"Es müsste noch was da sein, hinten im Kühlschrank", sagte sie.

Sonntagmittag

Die Küchentür wurde aufgerissen.

"Wo ist die Kiste mit meinen alten Spielsachen?"

Birgit Kröger hielt einen Augenblick inne, in der braunen, Blasen werfenden Soße herumzurühren.

"Also", sagte sie, "letztes Mal stand sie hinter der alten Mahagonianrichte im Keller, aber dann hatte ich mir vorgenommen, sie dorthin zu tun, wo man sie auch findet..."

Die alte Spielzeugkiste, dachte Martin Kröger und ließ die Zeitung ein Stück sinken, verschwunden, wie jedes Mal, wenn seine Tochter mit den Enkelkindern zu Besuch kam und sie die beiden beschäftigen wollte, damit sie ihm nicht die Zeitung zerknitterten oder Birgits Brille versteckten oder dem armen Max die Ohren lang zogen. Er sah zu Max hinüber. Der lag in seinem Korb, das Kinn auf den Rand gestützt, die Ohren hingen herab, und er sah abgrundtief seufzend in der Küche umher.

"Im Keller sind sie jedenfalls nicht", Nicole wischte ihre Hose und den Pullover ab, "da sind nur Spinnweben."

Birgit ließ sich, in Gedanken versunken, von ihrer Tochter den Kochlöffel aus der Hand nehmen; Nicole zog den Soßentopf schnell vom Gas.

"Im Kleiderschrank vielleicht?" überlegte Birgit und hob den Arm, glättete sich mit eigentümlicher Bewegung das Haar, wobei sie den Handballen benutzte und die Finger in die Luft streckte. Sie hatte ganz weiches, flaumiges, hellblondes Haar, in dem man das Grau kaum bemerkte. "Nein, ich weiß jetzt, ganz unten links im Wohnzimmerschrank, bei den Puzzlespielen."

Sie setzte sich auf einen Stuhl. Ihre Wangen waren gerötet, lagen wie zwei sanfte Flecken in dem hellhäutigen Gesicht. Martin fand in diesem Gesicht ohne Probleme die Frau wieder, die er damals auf einer Bank am Bootsanleger angesprochen hatte; ihre zarte Haut glich jetzt zwar an manchen Stellen zerknittertem Seidenpapier, doch ihre blauen Augen strahlten wie immer, und alles an ihr war geschmeidig und weich. Manchmal dachte Martin, dass sie ein wenig dumm war - und er schämte sich für den Gedanken - doch sie war gütig und gefühlvoll und er liebte sie. Er hob die Zeitung und verbarg sein Gesicht, bestimmt sah er jetzt verliebt und richtig dämlich aus, aber ja, er liebte sie zweifellos noch immer. Meistens jedenfalls.

"Es gibt da ein Puzzlespiel von einem Cottage", sagte Birgit und legte verträumt die Hand ans Kinn, "ein Cottage mit Blumen." Martin bemerkte, dass Nicole wie selbstverständlich das Aufschneiden des Bratens übernahm; Birgit hatte noch nie gleichzeitig reden und etwas mit den Händen tun können und Nicole rutschte leicht wieder in die alten Gewohnheiten hinein, "ein Cottage mit Blumen und... Nein, ich erinnere mich nur an die Blumen. Und dass das Haus dahinter fast verschwand."

"Es war ein weißes Haus", sagte Nicole, "mit Strohdach und Gartenzaun."

"So ein Haus müsste man haben" sagte Birgit und sah zum Fenster hinaus, es lag Schnee, es war kalt, "überwuchert von Klematis und wildem Wein - nein, wilder Wein passt eher zu Ziegelwänden."

Sie liebte Blumen. Sie konnte sich stundenlang mit Pflanzen und Erde beschäftigen - solange es Erde in Plastiksäcken aus dem Gartencenter war. Von im wahrsten Sinne des Wortes "lebendiger" Erde wollte sie nichts wissen, die war für sie eigentlich nur Dreck. Unter ihren Händen (sie waren breit und weich, wie daunengepolstert, mit kurzen Nägeln, und sie fühlten sich meist angenehm kühl an) gediehen, wuchsen, wucherten, blühten alle Arten von Zimmerpflanzen. Nur Kakteen mochte sie nicht. "Sie sind so anders, sie wollen nichts von mir wissen", klagte sie manchmal. Außerdem gingen sie unter ihrer Pflege schnell ein, weil sie es nicht fertig brachte, sie dursten zu lassen.

"Wir können essen", sagte Birgit, ging wieder zum Herd hinüber, hob nacheinander die Deckel der verschieden Töpfe und Dampfschwaden stiegen auf. Sie piekte hier etwas mit einer Gabel, rührte da etwas mit einem Löffel, brummte ein zufriedenes "Hmmmm" und ließ die Deckel klappernd zurückfallen. Zu Max, der den Kopf hob und sie erwartungsvoll ansah, sagte sie: "Deins ist noch nicht fertig. Das muss noch zehn Minuten kochen."

"Hol deine Rangen", sagte sie zu Nicole. Ein Wort geradewegs aus dem Wortschatz ihrer Großmutter. Rangen, Trabanten, Gören, Bagage. Seit sie selbst Großmutter war, liebte sie es, diese Worte zu benutzen, die sie früher immer in Weißglut versetzt hatten.

Birgit legte die Schürze ab (auch ein Attribut, das sie erst seit kurzem benutzte) und Martin faltete die Zeitung zusammen, in der er eigentlich gar nicht gelesen hatte.

Und als sie dann alle um den Küchentisch saßen (Nicole sagte "Nicht so hastig" und "Sitzt gerade" zu den Kindern), als sie redeten und lachten und die kleinen Jungen Kartoffeln, Rosenkohl und Rinderbraten in sich hineinstopften, fühlte Martin mit einem Male, dass er glücklich war, eine solche Familie zu haben. Eine Frau, die weich war und blond und sanft, die gern kochte und Pflanzen zu wahren Blütenträumen wachsen ließ; selbst dass sie entschlossen schien, sich in eine Großmutter aus dem Märchenbuch zu entwickeln, gefiel ihm.

Und dann die Tochter, klug und stark, die ihr Leben fest in beiden Händen hielt und sich vor Problemen niemals beugte - und betrachtete er seine Enkel mit den glatten Gesichtern und den klaren Augen, dann hätte er vollends eine flammende Lobrede auf warme, gemütliche Kleinbürgerlichkeit halten mögen, wäre gerne aufgestanden, hätte an sein Glas geklopft und gesagt: "Meine Damen und Herren!"; das würde die Jungen zum Lachen bringen, "Meine Damen und Herren, ich konstatiere - " und plötzlich dachte er an Katharina.

Katharina schob sich, beunruhigend und verschroben, wie sie nun mal war, ungewollt in seine Gedanken.

Noch gestern war er kurz bei ihr gewesen, um ein Paket abzuholen, dass sie für ihn angenommen hatte. Dabei brachte er ihr ein paar Blumen mit, die Birgit ihm aufgedrängt hatte. "Nimm ihr die mit, du weißt doch, dass sie selbst keine hat", hatte Birgit zu ihm gesagt. Und es stimmte, Katharina hatte keine Blumen, nicht auf Tischen und Kommoden, nicht auf den Fensterbänken, nicht im Garten, es sei denn, es handelte sich um Wiesenschaumkraut oder Löwenzahn.

Es hatte sich ein sehr lockerer nachbarschaftlicher Kontakt entwickelt, den sofort die eine oder andere Seite kappte, wenn es brenzlig wurde - so war noch nie eine Einladung ausgesprochen worden und hatte darum auch nicht abgelehnt werden müssen. Meistens dachte er, sie wären völlig verschiedene chemische Stoffe, wie Wasser und Öl, doch es gab seltene und erstaunliche Reaktionen im Reagenzglas, die ihn verwirrten.

Den Strauß hatte er ihr völlig blödsinnig mit den Worten überreicht: "Warum mögen Sie keine Blumen?" und sie hatte natürlich die Gegenfrage gestellt "Wenn Sie das glauben, warum bringen Sie mir dann welche mit?" Aber sie war gnädig gewesen und hatte ihm eine Antwort gegeben. Es war darin um vorzeitiges, unnützes, jahreszeitlich nicht passendes Blühen und Verblühen gegangen; so ganz hatte er nicht zugehört. Er hörte ihr selten aufmerksam zu, sie erzählte manchmal ein Zeug zusammen, das es einfach nicht wert war.

Und glücklicherweise war er anders als sie. Sich noch vom Kohl nehmend, sich Soße über die Kartoffeln gießend, war er zum ersten Mal froh, anders zu sein als sie. Wahrscheinlich hockte sie jetzt mit der Katze auf dem Schoß in ihrem Lieblingssessel, aß irgendwelche Scheußlichkeiten mit Schafskäse und Zwiebeln und las in einem altersschwachen Buch, dass voller Stockflecken war und halb auseinander fiel. Er dagegen saß am Küchentisch, im Kreise seiner bürgerlichen, seinetwegen auch gerne kleinbürgerlichen Familie - wenn er ein Oberhemd getragen hätte, wäre das der Zeitpunkt gewesen, sich die Ärmel hochzukrempeln, doch leider trug er einen Pullover - , aß Kohl, Kartoffeln und Rinderbraten und war zufrieden mit allem, was ihm das Schicksal zugemessen hatte.

"Dein Mann ist wieder zum Angeln? Im Schnee? Hackt er sich ein Loch ins Eis?" fragte Martin seine Tochter gutgelaunt. Seine Hände lagen auf dem soliden Holztisch; die Rüschengardinen an den Fenstern waren weiß; über dem Herd hingen Kochutensilien an der Wand; daneben das hölzerne Bord mit den buntbemalten Tellern.

"Nein, mit dem Kutter", sagte Nicole und lächelte, "das war, ist und bleibt sein liebstes Hobby: bei der ganzen Schreibtischarbeit, die er in der Woche zu tun hat."

"Bald darf ich auch mit!" rief Marc.

"Ich auch!" sagte Ron.

"Du nicht, du bist noch ein Baby!"

Martin lachte über den entstehenden Streit.

Katharina würde sie bestimmt "Spießernaturen" nennen, wenn sie sie sehen könnte, um den runden Tisch sitzend - doch das machte nichts aus. nicht in diesem Moment. Katharina neidete ihnen bestimmt nur die Selbstzufriedenheit, das warme Räkeln im kleinen Glück. Aber gab es denn etwas anderes? Gab es etwas Schöneres? Martin lächelte glücklich vor sich hin.

"Wenn es nur erst Frühling wäre!" sagte Birgit, als sie die selbst gemachte Marmelade über den Pudding löffelte. Die Früchte dafür baute sie nicht selbst an, sie kaufte große Kisten davon auf dem Markt.

Birgit verwandelte sich immer mehr zu einer Frau der guten alten Zeit, dachte Martin, und zwar einer guten alten Zeit, die es so bestimmt nie gegeben hatte. Sie schien zufrieden, war immer so sanft, dass es ihm fast unheimlich war. Ihr Haus stand jedermann offen, der sich zu ihr in die geräumige Küche setzte, sie führte das Haus mit dem Stolz einer Pflanzerfrau aus den Südstaaten vor dem Sezessionskrieg, und als Krönung des Ganzen hatte sie sich zu ihrem letzten Geburtstag einen Schaukelstuhl gewünscht und auch bekommen.

Und wenn sie sich in dem Schaukelstuhl wiegte, wenn sie die Augen halb schloss und auf das Geräusch der blubbernd kochenden Marmelade horchte oder einem Enkel ein Lied vorsang, schwitzte sie es aus jeder Pore, das kleine Glück, und er liebte es, dann bei ihr zu sitzen und sie manchmal leise seufzen zu hören, wie Max seufzte, wenn er sich in seinem weichen Korb niederließ. In diesem Behagen fand er seine Ruhe.

Bei Katharina gab es für ihn kein Behagen. Es gab Verunsicherung und eine Erregung, die nicht einmal zu einem Viertel angenehm war. Sie ließ ihn ihre Kraft spüren. Sie wiegte ihn ein mit weichen Gesten und einer leisen Stimme, um plötzlich Sätze in das Gespräch zu streuen, die wie Peitschenhiebe in seine Haut bissen. Ohne es zu wissen, stellte sie ihn in Frage, und sie widersprach seinen Ansichten. Und wenn sie ihm, in Gedanken versunken, das Profil zuwandte und ihn nicht ansah, dann wurde er sich selber fremd, ein Abtrünniger, ein Ehebrecher, der von südlichen Nächten träumte, von Palmenstränden, von Blütenduft, der über weiße Villen dahin strich - und von einer schweigenden Katharina, die ihn zärtlich ansah, ihm einen Drink mixte und ihm voller Verständnis zuhörte.

"Aber man kann sie doch nicht einfach umbringen!" sagte Birgit und Martin schrak auf.

"Nein", sagte er impulsiv, ohne zu überlegen.

"Obwohl sie letzten Sommer den ganzen Phlox gefressen haben."

Sie sprach von den Wildkaninchen! Er musste wirklich seine Gedanken besser im Zaum halten. Schließlich mochte er Katharina nicht einmal! Jedenfalls nicht so, wie sie war. Könnte er sie vielleicht dazu bringen, sich zu ändern, wenn -

"Was machen wir heute Nachmittag?" fragte er laut und lebhaft, "Wir könnten ein Spiel machen oder das alte Kasperletheater aus der Garage holen."

"Aber zuerst mach ich den Abwasch", sagte Birgit. "Und du?" fragte sie ihren Mann, "willst du dich nicht etwas hinlegen?"

"Ich mache mit Max und den Jungs einen Spaziergang. Der arme Max. Seht ihn euch nur an."

Max lag noch immer in seinem Korb und betrachtete alles mit seinen hervorstehenden Augen.

"Glubschaugen!" quietschte Ron und sein Bruder kicherte. "Glubschaugen, Glubschaugen!"

"Lacht ihn nicht aus!" protestierte Birgit. "Er ist so sensibel!"

Tröstend reichte sie ihm ein Stück Braten, das er hastig kaute und schluckte, dann stand er da und leckte sich die Schnauze.

"Wir gehen spazieren", sagte Martin zu ihm, "willst du mit?"

Max verstand sofort. Er wedelte, sprang und bog sich, jaulte und lief vor der geschlossenen Küchentür im Kreis - links herum, immer links herum - und schien von einem Ohr zum anderen zu grinsen. Die Jungen hatten ihren Spaß daran, und Marc haute mit dem Löffel in seinen Pudding, dass es klatschte. "Er hat den Drehwurm!" Und die Jungen kreischten, Nicole lachte, Birgit rief großmütterlich jammernd: "Ein Tollhaus!" und dann war es geschafft, Martin stand allein im Schlafzimmer, zog dicke Stiefel an, und all der Lärm, all das Durcheinander waren wie abgeschnitten. Das tat gut. Das war die Atempause, die er gebraucht hatte.

Er sah zum Fenster hinaus. Ein grauer Himmel über verschneiten Dächern.

"Elender Ignorant!" hatte Katharina ihn gestern lachend genannt, "Sie hören mir wieder nicht zu!" Ihre Hände hatten sich wie tröstend auf seine Schultern gelegt, ihr

Atem war nah gewesen, ganz nah an seiner Haut; dann hatte sie ihn hinausgeschoben und die Tür zugemacht.

Martin trat an den Kleiderschrank, öffnete ihn und nahm seine Winterjacke heraus. Und er erinnerte sich, dass er noch vor einer halben Stunde geglaubt hatte, vollkommen glücklich zu sein.

Atlantis

Mit einem kleinen Wehlaut schreckt sie aus dem Schlaf. Wie jeden Morgen. Eine Viertelstunde vor dem Wecken, voller Angst, verzweifelt. Auch wie jeden Morgen. Die Hausaufgaben - hat sie die Hausaufgaben gemacht? Englisch, Deutsch, Biologie... Ja, die Hausaufgaben sind fertig. Und die Angst wird nicht geringer, aber Lena versucht, sich daran zu gewöhnen. Wie jeden Morgen.

Noch ist es stockfinster. Sie legt sich zurecht, ausgestreckt auf dem Rücken, betrachtet den Schein der Straßenlaternen an der Zimmerdecke und den rötlichen an der Wand, der stammt von einer Leuchtreklame vom Lebensmittelgeschäft gegenüber. Sie zieht die Bettdecke bis zum Kinn. Sie wartet und spielt das übliche Spiel. Das Zimmer wird noch da sein, auch wenn sie in die Schule muss. Das Bett wird so stehen bleiben, die Kommode nicht verrücken, nicht einmal das Lebkuchenherz, das sie auf der letzten Kirmes geschenkt bekommen hat und das verstaubt und hart geworden am Bücherregal hängt, wird sich um einen Millimeter bewegen. Nichts wird sich ändern. Außer ihr. Sie muss in die Schule gehen.

Ein Auto fährt durch die Straße. Das Licht der Scheinwerfer trifft zuerst die linke Wand - es fährt also die Straße hinauf, nicht hinunter. Eine breite Lichtbahn gleitet über Pferdebilder und Hamsterkäfig, Gardinenschatten sausen über die rosa Zimmerdecke, rotes Rücklicht scheint die Luft zu tönen, dann ist es fort. Es liegt Schnee. Das dumpfe Knirschen der Autoreifen hat es bewiesen, bei Regen hätten sie gesirrt und gezischt.

Lena rutscht in ihrem Bett nach unten, betastet die am Fußende klebenden Märchenfiguren mit den Zehen. Dies ist der Zwerg mit der blauen Mütze, deren Spitze sich vom Holz gelöst hat; sie bildet nun einen winzigen klebrigen Wulst über der kühlen Glätte der Plastikfigur. Und das ist der braune Hund, und das ist der Frosch mit dem goldenen Ball. Einen Frosch könnte sie vielleicht mitnehmen nach Atlantis.

Kalt ist es; Lena zieht die Füße wieder unter die Bettdecke, fasst sich an die Nasenspitze, die sich eisig anfühlt. Und wenn die Eltern verschlafen? Sie setzt sich mit einem Ruck auf. Wenn sie zu spät zur Schule käme? Dann ginge sie einfach nicht, nein, sie ginge nicht. Sie will nicht durch die ausgestorbenen Schulflure gehen müssen und dann vor der Klasse stehen, eine Entschuldigung stammeln, all diese Blicke auf sich fühlen - nein.

Beruhigt durch einen Lichtschein unter der Tür streckt sie sich wieder im Bett aus. Sie hat einen ganz kalten Rücken. Es muss schön sein, wie ein Hamster zusammengerollt in einem Nest aus Watte und Streu zu liegen; Tipsi und Tapsi frieren bestimmt nicht. Lena steht auf, tappt barfuss hinüber zum Käfig. Neben dem Käfig steht ihr Nikolausstiefel.

"Hier", flüstert sie und steckt ein Stück Spekulatius zwischen den Stäben hindurch, schiebt es bis zum Eingang des Holzhäuschens, "für euch. Und gute Nacht." Denn die beiden dürfen den ganzen Tag schlafen. Sie aber muss zur Schule. Noch einmal kriecht sie zurück ins Bett, nimmt den Rest Spekulatius in den Mund, legt ihn vorsichtig auf die Zunge und drückt ihn am Gaumen zu einem süßen Brei. Da kommt wieder ein Auto. Und noch eins. Dann ist Stille.

Atlantis ist im Meer versunken. Vor langer, langer Zeit. In einem fremden Meer, nicht einem Meer wie der Ostsee. Lena kennt bisher nur die Ostsee; Kiesstrand und Steilküste, die Mole, Quallen und graue, weißgekrönte Wellen. Atlantis aber war von einem Meer umgeben, dass hellgrün und tiefblau war. Es gab weiße Paläste, viele Bäume und bunte Blumen, und die Menschen trugen kristallene Gewänder. Dann eines Tages verschlangen die Wellen die Insel, riesige Wellen; "Kawenzmänner, freak waves", sagte ihr Vater. Und nun liegt Atlantis auf dem Grunde eines fremden Meeres. Lena verschränkt die Hände hinter dem Kopf. Sie starrt mit weit geöffneten Augen in die Dunkelheit. Eines Tages säße sie in einem weißen Boot auf dem fremden blauen Meer und blickte in die Tiefe. Um sie herum wäre alles heiß und sonnig und hell - das Boot, der Himmel, das glitzernde Wasser. Und weit, weit unter dem Bootskiel läge Atlantis, das schöne Atlantis...

Die Zimmertür öffnet sich, eine Lichtbahn fällt herein. Lena rollt sich schnell zusammen, steckt den Kopf unter die Bettdecke. Sie beißt die Zähne zusammen, will tapfer sein.

"Lena?" sagt die Mutter leise, "Lena, aufstehen!"

Lena brummt etwas Unverständliches, markiert ein Gähnen, streckt sich. Sie will tapfer sein! Sie steht auf, nimmt ihren Bademantel. Blinzelnd kommt sie in die hellerleuchtete Küche, sagt "Guten Morgen" zu ihrem Vater, der gerade den letzten Schluck Kaffee trinkt und die Zeitung aus der Hand legt. "Morgen, Morgen", sagt er und drückt im Vorbeigehen ihre Schulter.

Lena knabbert im Vorbeigehen ein paar Nüsse. Dann geht sie ins Badezimmer, wäscht sich, putzt die Zähne. Sie lässt kaltes Wasser ins Waschbecken rauschen, hält ihre Hände unter den brausenden Wasserstrahl. Sie würde über die Bordwand ihres weißen Bootes klettern und ins Wasser hinabtauchen. Zuerst wäre sie noch hell und warm von all der Sonne, all dem Licht und die kühle Dunkelheit wäre feindselig und fremd. Dann würde sie verblassen, würde dunkel und kühl und grünblau werden, wie alles auf dem Grunde des Meeres dunkel und kühl und graublau ist. Eine stille, leicht sich wiegende, unendliche grünblaue Nacht...

"Lena", ruft die Mutter, "Frühstück!"

"Ja, ich komme", sagt sie laut, denn sie will tapfer bleiben. Tapfer zieht sie sich an, tapfer packt sie ihre Schultasche, tapfer isst sie ihr Frühstück. Mit jedem Bissen würgt sie die Angsttränen hinunter, die ihr jeden Morgen in der Kehle stecken. Wenn man sie fragt, wovor sie sich fürchtet, sagt sie: "Vor allem". Doch es gibt niemanden, der sie versteht, deshalb spricht sie nicht darüber.

Lena zieht den Mantel an, steckt die Handschuhe in die Tasche. Vor der Küchentür bleibt sie stehen, sieht hinein in die freundlich warme Helligkeit, sehnt sich danach, sich wieder an den Tisch zu setzen, ihrer Mutter von Atlantis zu erzählen - aber sie will vernünftig sein.

"Ich geh jetzt."

"Ja, es wird Zeit", sagt die Mutter und drückt ihr einen roten Apfel in die Hand. "Es ist ja nur bis heute Mittag."

Lena fällt es schwer, tapfer zu bleiben. Sie würde über den Bootsrand klettern - sie öffnet die Wohnungstür und tritt ins Treppenhaus - und die Wellen schlagen über ihr zusammen - sie zieht die schwere Tür ins Schloss. Im

Treppenhaus tut sie einen Schwur. Wenn sie erwachsen ist, wird sie nie wieder etwas tun, dass ihr diese Art Angst macht.

Vor dem Haus steht ein großer Baum. Lena weiß schon lange, dass es eine Linde ist. Sie erkennt Bäume an den Blättern, an der Rinde und manchmal am Duft. Linden duften gut im Sommer. Jetzt ist die Linde schwarz-weiß, denn feiner Schnee liegt auf den kahlen Zweigen, hell gegen den immer noch dunklen Himmel. Auch die Linde wird noch stehen, wenn sie heute Mittag aus der Schule wiederkommt, auch die Linde wird sich nicht verändern. Nur der Himmel wird hell sein, und vielleicht ist bis dahin der Schnee geschmolzen.

Es ist still in den Straßen. Wenn Schnee liegt, scheint alles stiller zu sein als sonst. Da gehen dieselben Leute wie gestern, vorgestern und vorvorgestern. Weiße Atemwolken stehen vor den Gesichtern. Niemand schenkt Lena Beachtung. Sie ist ein Schulkind, wie andere Schulkinder. Nur sie allein weiß, dass sie anders ist. Sie würde nicht eine von den Businessfrauen werden, die auf hochhackigen Stiefeln ängstlich durch den Schnee rutschen. Nicht eine von den Müttern, die ihre Kinder zur Schule schicken, die Schneeschaufel aus dem Keller holen und den Bürgersteig freiräumen. Sie würde Archäologie studieren und Atlantis finden. Davor hat sie keine Angst. Sie hat nur Angst vor dem normalen Leben. Sie hat nur Angst vor Menschen. Und vor Zwang. Stürme, Gewitter und Dunkelheit, Hitze, Kälte sind nicht ihre Feinde. Die wollen ihr nichts Böses.

Wenn sie hinabtauchte, wäre alles grünblau, dämmrig und still. Strömungen schaukelten und wiegten ihren Körper, ein Schwarm silbriger Fische zöge vorbei. Sie wäre selbst ein Meereswesen. Hoch über sich sähe sie die helle Wasseroberfläche, und darauf, ein dunkler Punkt, ihr kleines Boot. Dann würde ein riesiger Schatten alles verdunkeln. Mächtig und wunderbar schwömme ein Wal über ihr dahin, doch sie hätte keine Angst. Er oder sie würde spüren, dass sie ihn mochte und auch er mochte sie. Sie streckte ihre kleinen Hände aus und streichelte den gewaltigen Kopf. Die Haut des Wals würde sich kühl und glatt anfühlen, aber darunter spürte sie ganz bestimmt auch das große Herz, das warmes rotes Blut durch den Körper pumpte.

Lena betritt das hell erleuchtete Schulgebäude. Wie hässlich das ist, wie hässlich! Sie senkt den Kopf, stellt sich abseits an eine Wand und wartet auf das Klingelzeichen. Nach ihren Klassenkameraden hält sie nicht Ausschau. Die mögen sie nicht. Vielleicht, weil Lena sie so kindisch findet. Und doch möchte sie dazugehören, aber es gelingt ihr nicht. Manchmal findet sie jemanden, der mit ihr in den Pausen über den Schulhof geht, öfter ist sie allein. Das macht mir nichts aus, sagt sie sich dann, aber es macht ihr sehr wohl etwas aus. Sie kann das Alleinsein in der feindlichen Schulwelt schlecht ertragen, sie kann das Zusammensein mit den albernen Kindern schlecht ertragen. Sie ist anders. Sie weiß schon lange, dass sie anders ist.

Zwischen lärmenden, lachenden Kindern geht sie nach dem Klingelzeichen die Treppe hinauf. Sie betritt ihre Klasse, geht an ihren Platz. Der ist an der Fensterseite, direkt neben dem mittleren Fenster. Um nichts anderes, aber darum hat sie gekämpft. Sie muss den Himmel sehen können und die Wolken; dafür erträgt sie im Sommer die Hitze der Sonne, die durchs Fenster scheint und im Winter den kalten Luftzug, der manchmal ihren Nacken trifft. Die größte Strafe für sie wäre, von diesem

Platz an einen anderen versetzt zu werden, nach drüben, an die Gangseite. Doch das weiß niemand. Die Schüler nicht. Die Lehrer nicht. Aber die wissen ja sowieso nie was.

Lena steht am Fenster, bis sich die Tür öffnet, und Frau Kröger-Rehberg eintritt. Den Namen Kröger lässt Lena in Gedanken immer weg, weil ihr Rehberg viel besser gefällt. Nicole Kröger-Rehberg ist die Tochter der Nachbarn, sie hat sie schon manchmal im Nachbargarten gesehen, aber noch nie privat mit ihr gesprochen.

Frau Rehberg sagt: "Guten Morgen", geht zum Pult und legt ihre abgewetzte braune Aktentasche darauf. Sie trägt ein dunkelblaues Kostüm und einen weißen, gerippten Rollkragenpullover. Aus der Tasche nimmt sie das Lehrbuch heraus, die Jacke des Kostüms hängt sie über die Stuhllehne.

"So", sagt sie und blickt um sich, als wache sie gerade auf. Sie hat einen großen Mund mit weichen roten Lippen, die sich über ebenmäßig viereckigen Zähnen schließen. Wenn sie lacht, blitzt Gold auf von unteren linken Backenzähnen. Ihre Augen sind dunkelbraun wie ihre lockigen starken Haare, und blasse Sommersprossen verteilen sich über das ovale Gesicht, die kurze Nase. Lena wendet keinen Blick von ihr, obwohl sie sie längst "auswendig" kennt.

Frau Rehberg geht durch die Bankreihen und erklärt etwas. Lena hört ihre Stimme, die bald vor ihr, bald hinter ihr oder über ihr erklingt. Sie sieht den blauen Rock mit den drei Sitzfalten vorn über dem Bauch. Ihre Füße stecken trotz Schnee und Eis in weit ausgeschnittenen blauen Pumps.

Lena weiß nicht, dass sie Frau Rehberg liebt. Sie weiß nicht, dass das unbehagliche Gefühl, das sie hat, wenn

Frau Rehberg von ihren beiden Söhnen spricht, Eifersucht ist. Ein Gefühl, als säße sie weit draußen, abgeschnitten von aller Welt, hinter einer dicken Glasscheibe, könnte sich nicht bewegen und bekäme eine schlimme Grippe. In fünfzehn Jahren wird sie es wissen. Dann wird ihr, in einem fremden Land, eine Frau begegnen, die Frau Rehberg ähnlich sieht. Eine Frau mit großem Mund, ebenmäßigen Zähnen und Sommersprossen. Sie wird auf der Straße an Lena vorbeigehen, im Gedränge verschwinden und Lena zurücklassen mit einem schmerzlichen Gefühl in der Magengegend. Dann erst wird sie es wissen.

Doch noch sitzt Lena an ihrem Tisch, die Hände brav über dem geschlossenen Buch aufeinander gelegt. Sie denkt nicht mehr an Atlantis. Sie braucht nicht mehr an Atlantis zu denken. Wenn sie erwachsen ist, will sie auch Jackenkleider und Rollkragenpullover tragen. Sie will die Sicherheit haben, mit der Frau Rehberg ihr Zensurenbuch auf- und zuklappt, und auch ihre Haare sollen halblang und elastisch auf ihre Schultern fallen.

Die Klasse gerät in Unruhe. Hier sieht jemand auf die Uhr, dort steckt einer schon heimlich seine Bücher in die Tasche. Gleich nach dieser Stunde müssen sie in den Chemiesaal gehen. Ist es denn wirklich schon so spät? Lena beißt auf ihre Unterlippe. Die Schulklingel wird sie bald von Frau Rehberg trennen. Sie stößt Marie an, die neben ihr sitzt.

"Wieviel Uhr?" fragt sie leise. Aber Marie ist zu feige, sie antwortet nicht. Sie hält ihr nur das Handgelenk hin mit der altmodischen Uhr, dem winzigen Zifferblatt. Lena beugt sich vor, greift nach der Uhr.

"Ich kann's nicht sehen", flüstert sie.

"Also, Lena", fällt plötzlich eine spöttische Stimme auf sie herab, "wenn du dir noch nichts zu Weihnachten gewünscht hast, *ich* wüsste was für dich."

Die Klasse lacht. Lena ist wie gelähmt, die Finger noch an Maries Handgelenk. Marie reißt ihren Arm weg.

"Wie wäre es denn", spricht Frau Rehberg voller Hohn weiter, "wenn dir das Christkind eine Armbanduhr bringen würde?"

Jetzt gibt es für Lena keinen Zweifel mehr. Die spöttischen Worte hat Frau Rehberg gesprochen. Aus dem großen. roten, liebevollen Mund sind sie gekommen. Und sie hatte sich bei ihr so sicher gefühlt! Lena will zu Eis erstarren. Sie will zu Stein werden. Sie kann es nicht. Sie brennt vor Scham, brennt vor Hass. Möchte ihr Buch nehmen und es in das sonst so gütige Gesicht der Lehrerin schleudern, das noch immer höhnisch lacht. Möchte treten, schlagen, beißen, verletzen. Freu Rehberg nimmt ihre Tasche und ihre Jacke, verlässt die Klasse.

Lena schiebt Füller und Bleistift in das Etui. Sie packt Etui, Heft und Buch in ihre Tasche. Sie tut es langsam und sehr sorgfältig. Der rote Apfel liegt neben dem Pausenbrot. Es ist ja nur bis heute Mittag.

Und später würde sie Atlantis finden. Alabasterweiß würde es durch die Ozeandämmerung schimmern. Sie tauchte hinab und fände Fragmente bedeutender Friese, Statuen und mattgoldene Münzen mit darauf geprägten Köpfen. Dort unten wäre sie allein. Niemand könnte ihr weh tun. Und über ihr schwömme der Wal wie eine warme, lebendige, sichere Insel.

Der Ballettabend

Füße zögerten, um betont forsch weiter zu schreiten, Menschen drehten sich, wandten sich mit unsicherem Blick, mit übertrieben mondänen Gehabe, verbissen in dem Bemühen, aufzufallen oder völlig in der Menge zu verschwinden. Halblaut redeten sie aneinander vorbei, redeten von Frisuren und Programmheften, von Uhrzeiten und Schmuck, von Beleuchtung und Kleidern und Garderobennummern.

Viktoria spürte die flauschigrote Weichheit des Teppichs unter ihren dünnen Schuhsohlen und sie fühlte die Erregung, das Prickeln, das von diesen Leuten aufstieg wie Kohlensäurebläschen im Mineralwasser, und sie schwieg zu ihren Kommentaren und überhörte all ihre Bemerkungen und sie wollte heute Abend sie selbst sein, nur sie selbst.

Die disharmonischen Klänge des Instrumente stimmenden Orchesters warfen ein unregelmäßiges Netz über die festlich gekleidete Menge, fingen hier ein Kind ein, das mit entrücktem Blick, mit glühenden Wangen dasaß und zu warten glaubte, während es betrachtete und lauschte und staunte,, schreckten dort einen Mann auf in schwarz und weiß, der seine Hände um ein Programmheft krampfte und an andere Dinge dachte, an Kindheitsdinge, an viele Klavierstunden, die er geschwänzt, an einen Schulfreund, der ihn hintergangen hatte und an seine geliebte Großmutter, rosig und weißlockig, wie sie gewesen war.

Im nun dunkelnden Raum stiegen die ersten Melodien aus dem Orchestergraben auf, woben einen kostbaren Teppich, bildeten Luftschlösser vor dem dunkelroten

Samt des schweren Vorhanges, bis dieser beiseite glitt und das Ballett begann.

Viktoria siebte Melodienfolgen heraus, und hier eine Bewegung, dort den gesenkten Kopf eines Tänzers, destillierte Bilder und Töne und machte so aus diesem oft gezeigten Ballett ihr eigenes, nie gesehenes.

Ein Hirte, dachte sie, der seine einsamen Weisen auf der Flöte spielte im Schilf eines Weihers und von fern her klang Echos gequälter Ruf nach Narziss; ein Trugbild schimmerte neben dem anderen in der Mittagshitze, Nixen, so blond und weiß und grün, Pan, mit aufgerecktem Kopf und wilden Augen -

Plötzlich jagte die Zeit, Nachmittag, Abend, sternfunkelnde Nacht rasten vorüber, um vor dem Sonnenaufgang innezuhalten; die Zeit stand eine Weile still. Die Sonne ging nun auf, dachte sie, Wildpferde galoppierten mit geblähten Nüstern über die betaute Frühlingswiese, ihre Hufe stampften, sie schüttelten die Mähnen und wieherten in der kühlen Luft, die grüne Weite erstreckte sich bis zum Horizont; es war Freiheit... Und jetzt blühte eine Mimose, zart, empfindlich, ohne sich zu fürchten; die heftige Bewegung eines Arms genügte und die Verwandlung zum Panther mit gefährlicher Anmut war vollzogen, seine Augen sahen sie an, helle Augen in schwarzem Gesicht; Kraft war es nun und Majestät und Stolz, ein Adler kreiste über von der Morgensonne beschienenen Felsen und schroffen Klüften...

Oh, verdammt, dachte Viktoria, ich lasse auch kein Klischee aus, doch immer weiter ging es jetzt, mit wilder Ausgelassenheit und Verspieltheit, den überschäumenden Kapriolen eines Fohlens auf der Weide, des fröhlichen Kindes im Sommerwind. Einen Moment lang schwebte sie, dann stolperte sie über das Lächeln eines Harlekins und stürzte, hörte das Stöhnen der erdgefesselten Wesen, sich bäumend und gequält, hörte den Schrei des Todes; vergehen dürfen, einfach vergehen, wie ein Blatt verging zwischen feuchtem Gras und Pilzen und modernden Baumstümpfen, vergehen wie die Blume, deren Blütenblätter auf das weiße Marmortischchen tropften, vergehen wie dieser Augenblick, wie diese Melodie; sich lautlos strömend aufzulösen und wie kaum merkbarer Dunst in dem großen Saal hauchfeine Fäden weben...Hoffnung, Verzweiflung, hinauf und hinab, und sie fiel wie weiße Blüten von einem Kirschbaum in blaue Nacht, sie lag im kühlen Gras und hörte eine Quelle murmeln...

Das Licht, das nun anging, ließ sie blinzeln, und in der plötzlich wieder vorhandenen Realität fühlte sie sich verlegen und beschämt. Nur bei Kindern wurde es allgemein akzeptiert, wenn sie hemmungslos träumten, obwohl auch das schon nicht mehr stimmte. Erwachsene durften nicht träumen. Sie kompensierten das, indem sie Sciencefiction, Fantasy und Abenteuer in Filmen, Büchern und am Computer erlebten.

Pause, dachte Viktoria, endlose Pause, in der man nichts anderes zu tun wusste, als in den Gängen herumzuwandern, geistlose oder geistvolle Konversation zu machen, eher wohl das erstere, an überfüllten Theken um ein Glas Sekt oder Orangensaft zu kämpfen.

Pause, die sich dem gleitenden Fluss der Fantasie entgegenstellte wie ein herunterfallendes Gatter, oder der Stiel einer Harke, auf deren Zinken man getreten war, als man durch den Garten ging, um Petersilie zu holen - ein dumpfer Knall, die schmerzende Stirn, das Messer entfiel der Hand, das Vorhaben dem Geist; was wollte ich noch?

fragte man sich und rieb sich den Kopf; doch selbst, wenn man sich erinnerte, war es nicht mehr dasselbe, der Schritt nicht länger beschwingt, denn er fürchtete verborgene Fallen, der Geist nicht länger frei, denn er beschäftigte sich mit Gartengeräten und Unordnung und der eigenen Dummheit - ein Bruch entstand, der merkbar blieb, eine Pause, die alles veränderte; wie eine Verwerfung die Bodenschichten abschnitt.

Der Saal leerte sich, als wären all die Menschen nur ein einziges Wesen mit einem einzigen Willen, das da jetzt durch die Türen hinausströmte, um sich im Foyer, in den Gängen und auf den Treppen zu einem klebrigen Ganzen zusammenzuziehen, einem Einzeller ähnlich, der Widerstände umfloss und seine Form änderte, ohne sich zu teilen oder die Richtung zu wechseln.

Viktoria blieb auf ihrem Platz sitzen, sie rückte ein bisschen auf dem Sessel herum, um eine bequemere Stellung zu finden. Was war jetzt zu tun? Sollte sie, wie die alte Dame in schwarz zwei Reihen vor ihr, in ihrer Handtasche herumsuchen? Sollte sie im Programmheft lesen, müde werden, weiterträumen?

Dann spürte sie den aufmerksamen Blick eines Menschen; wie Löwenzahnflaum, wie eine Daunenfeder glitt der Blick über sie hin, leicht, kaum fühlbar und behutsam. Als säße sie im Kegel eines Scheinwerfers, dachte sie, er erhellte sie, ohne zu blenden, er umfing sie, ohne sie zu behindern und sie brauchte ihm nicht zu entfliehen, weil er sie nicht festhielt.

Sie hob den Blick, sah den Mann, sah ihn an, wie er sie ansah, überschritt bald die Grenze, die dieses fremde Gesicht zu einer Landschaft werden ließ, zu helleren Flächen und dunkleren, zu Schatten und Licht, Konturen und Farben. Eine schattige Mulde wie ein einsames Tal,

130

einladend dunkelgrün und dunkelblau, in dem vielleicht ein Bach floss und Schlüsselblumen blühten; ein heller Fleck wie versengte Erde, staubig und trocken, oder Kalkstein in sengender Sonne; die Grelle der Stirn wie ein Eisfeld im Polarkreis, streng, kalt, gleichgültig.

Seine Augen führten ein eigenes Leben, waren voller Abwehr, wie Viktorias eigene. Sie gab als erste nach und sein Blick begann ihr zu vertrauen und wurde lebendig und verletzlich. Vielleicht verlangst du nach mir, dachte sie, und versprichst mir, mit welcher Umschreibung auch immer, mir den Himmel zu schenken. Ein Zimmer, ein Bett, ihr Körper, der zu seinem fand, und doch - es war kein Himmel, den er ihr versprach, es war der ganze Körper seiner Lust und nur der kleine Finger seines Gefühls, es war zu wenig. Sein Mund, die Härte, die Weichheit, ein dunkles Zimmer, die Gardinen bewegten sich im Wind, sein Atem, seine Haut unter ihrer Hand, an der Silberringe blitzten; die Nacht ließ die Bäume flüstern und in der ferne schlug eine Kirchturmuhr - so gern, dachte sie, doch es ist zu wenig.

(Sie würde an ihn denken, Sonntagmorgens, wenn sie aufwachte, benommen und warm und weich. Sie würde sich auf die Seite drehen und ihre Wange am kühlen Kopfkissen reiben und mit dem Blick einem Sonnenstrahl folgen, der durch die Vorhänge drang und auf den dunklen Schreibtisch wies, den Briefbeschwerer traf, eine gläserne Kugel in der Farbe seiner Augen, blaugrüngrau, und sie würde an ihn denken, an ihn, dem sie sich hätte geben können.)

In seinem Blick sah sie etwas Zartes, langsam sich formend; einen Zweig, nein, den Schatten eines Zweiges auf feinem japanischen Reispapier, matte Farben, Zerbrechlichkeit. So bist du auch, dachte Viktoria, oder täuschte sie sich? Aber der Zweig blieb in ihren Gedanken, blühte auf, bog sich, zitterte im Wind. Du denkst an die Ewigkeit, dachte sie. Frühmorgens, wenn die Dämmerung grau vor den Fenstern stand und Todesfurcht brachte, und der Gesang der Vögel den engen Kreis des Daseins sprengte und man sich still in den Weiten von Raum und Zeit verlor, spürte er die Vergänglichkeit und die vielfältigen Schattierungen der unausgesprochenen, der unaussprechbaren Gefühle und seine Götter, die vielleicht auch ihre Götter waren.

(Sie würde an ihn denken, wenn sie auf einer Düne saß und ihr Schal schlüge im Wind und es wäre wolkendüster und stürmisch; sie würde auf das Meer hinaussehen, das ihre Seele wiegen und streicheln konnte und das blau war und grau und grün; regungslos würde sie dasitzen und an ihn denken, an ihn, den sie hätte verstehen können.)

Ein nervöses Husten klang aus dem Parkett, und seine Augen waren wieder Härte, die der ihren so sehr glich; er schien sie zu strafen, wo er andere hätte strafen sollen; den Zufall, der in genau diesem Moment die wesenlose Frau im Parkett husten ließ, oder die Unzulänglichkeit des Menschen, die seine Aufmerksamkeit auf Dinge richtete, die unwichtig waren und die er lieber ignorierte. Diese Härte - sie würden aufeinander treffen wie Granit auf Granit, wenn er ihr vorwarf, dass sie ihn nicht brauchte, und sie dafür bewunderte, und wenn sie ihn brauchte, würde er sie verachten. Kann das sein, dachte sie, sind wir uns wirklich ähnlich?

(Sie würde an ihn denken, wenn sie stehen blieb, außer Atem, und vor ihr ragte der Gletscher, mitleidlos und schön, und das Eis in den Spalten wäre seltsam blaugrüngrau; sie würde ihre Augen beschatten und hinaufsehen und an ihn denken, an ihn, den sie hätte hassen können.)

Die Härte in seinem Blick schmolz und Viktoria meinte wieder den zerbrechlichen Zweig zu sehen, er verformte sich, wurde kräftiger, bildete den Tanzplatz für flatternd purzelnde Vögel, heiter grünes Blattwerk sang im Frühlingssturm... Sie könnten auf einen Spielplatz gehen, dachte sie, mitten in der Nacht, und schaukeln und lachen, oder auf einer Kirmes Eis essen und gebrannte Mandeln, während Musik um sie war und verzerrte Lautsprecherstimmen und der würzigkräftige Rauch vom Rostbratwurststand.

(Sie würde an ihn denken, wenn das Licht sich fing im Edelstein ihres Ringes, wenn es blitzte und spritzte und funkelte, als tanzten Sonnenstrahlen auf den bizarren Scherben einer gläsernen Flasche; sie würde ihren Ring betrachten, das Blau, das Grau, das Grün, und an ihn denken, an ihn, mit dem sie hätte lachen können.)

Doch er schien sich nun vom Lärm und Lustigkeit eines Jahrmarktes zu entfernen, er glitt über die Bäume, glitt über das Ufer, das Wasser und verharrte... Ich glaube, ich verstehe, dachte sie; sie sah die Spiegelungen der Bäume und der bunten Lichter im Wasser, sie hörte die verwehenden Melodien; die Wellen verzerrten das Bild und die Abenddämmerung war rot. Was sagte er? Melancholie? Sehnsucht? Das kenne ich auch.

Das erste Klingeln. Verwirrt blickte Viktoria sich um, doch die Zeit drängte. Schnell, dachte sie, lass mich dich weiter lesen, damit ich weiß, wer du bist; er war Lust und Zartheit und Härte und Lebensfreude und Melancholie; schnell, sag mir, was noch?

Er würde mit ihr gehen, dachte sie, durch die Kastanienallee, und er würde sie nicht ansehen und nicht ihre Hand halten, denn die Welt würde sich verändern und verformen, bis nur eines übrig blieb, worauf sie den Blick richten konnten; das Tor zum Park, und sie würden dort stehen, schweigend, nachdenklich. Sie würden das Tor öffnen und sich in den Weiten des Parks verlieren, allein bleiben zwischen zersprungenem Marmor und tausendjährigen Eichen, Brombeergestrüpp und Kletterrosen, bis die Sehnsucht sanft an ihren Herzen zupfte und sie zueinander trieb, gerade dort, unter der großen Ulme, in deren Schatten eine weiße Schaukel kaum merklich hin und her schwang.

(Sie würde an ihn denken, abends, wenn das Licht nach einem warmen Tag langsam schwand; der Himmel würde klar sein und durchsichtig und von der Farbe seiner Augen; sie würde die dunklen Silhouetten der Fichten sehen und die behänden Flugkünste der Schwalben und an ihn denken, an ihn, den sie hätte lieben können.)

Das zweite Klingeln. Sie musste es wissen, sie musste wissen, ob er die Wespe an der Fensterscheibe seines Zimmers tötete oder sie ins Freie lockte, um ihr das Leben zu schenken; sie musste wissen, ob er gern Milch trank aus dickbauchigem blauen Kruge mit weißen Punkten; sie musste wissen, hatte auch er manchmal mehr Angst davor, nicht verlassen zu werden, wenn er allein sein wollte, als verlassen zu werden, wenn er Gesellschaft brauchte...

Nach dem dritten Klingeln erloschen die Lichter.

Sie sah das Licht von der Bühne auf seinem Gesicht, das zu einem verschwommenen hellen Fleck geworden war. Und jetzt begannen die Zweifel. Es war unmöglich, völlig unmöglich und sie hatte sich selbst getäuscht. Lächerlich, sich einzureden, in seinen Augen zu lesen (der blühende Zweig, der Jahrmarkt, das dunkle Zimmer

- welch ein Kitsch!), lächerlich, in reinster Poesie zu schwelgen; sie dachte an den Briefbeschwerer, das Meer, den Gletscher, den Ring, den Himmel und sie schämte sich für diese zuckrigen Gedanken, die jeglicher Realität entbehrten, denn sie Wirklichkeit war anders, war trivial, armselig, unerbittlich. Er war wahrscheinlich ein karrieresüchtiger Geschäftsmann, dem zufällig eine Theaterkarte geschenkt worden war im Zusammenhang mit einem wichtigen Kunden; er dachte an nichts als seinen BlackBerry, Zahlenkolonnen, E-Mails und Termine, an seine Autos und sein Haus, das ein ach, so schönes Einfamilienhaus in der Vorstadt war, in einem halbtot gepflegten Garten, wo Ziersträucher im Rindenmulch um Hilfe schrieen.

Und nachdem er samstags mit der Autopflege fertig war, dachte Viktoria, stand er auf dem gerade frisch gemähten Rasen, seiner Familie auf der Terrasse selbstgefällig zunickend, aufgebläht von Wichtigkeit, die er sich selbst zumaß; den Gartenschlauch in der Hand ließ er Wasserschauer auf die Sträucher niederregnen und übersah die Blüten des Gänseblümchens ganz am Rande des Grundstücks (was ein Glück war, sonst hätte er dieses *Unkraut* ausgerissen), und, Selbstzufriedenheit ausschwitzend, dachte er nur: ICH, ICH, ICH.

Sie quälte sich und sie glaubte sich nicht und sie litt an ihm, der jetzt nichts war als ein Heller Fleck in schwarzem Schatten. Er würde vielleicht wissen, dass faszinierte Zuneigung die Stimme sein konnte, die sich selbstironisch erhob, um das innere Gefühl, dem der Verstand nicht traute, zu bemänteln; die Lider, die sich kurz schlossen, um Verletzlichkeit in Härte und Eis zu verwandeln; die Hände, die in den Jackentaschen zu Fäusten geballt wurden, um nicht zurückgestoßen zu werden, wenn sie sich leicht auf eine Schulter legten; der Blick, in dem Gelassenheit lag wie ein undurchdringlicher Schleier, dessen Webfäden Sachlichkeit, Aufmerksamkeit und Misstrauen hießen.

Wenn er so war, dachte sie, wie sie ihn am Anfang gelesen hatte, könnte er ein Freund sein. Sie würde die Kugel, die für ihn bestimmt war, mit ihrem Körper abfangen und ihm einen Geburtstagskuchen backen. Sie würde ihn seinen Weg gehen lassen und ihren gehen. Sie würde versuchen, ihn zu ertragen, wenn Gewitter ihn beherrschten, solange sie nicht zum Blitzableiter wurde. Sie würde ihre Schätze vor ihm ausbreiten, das Meeresleuchten, die Stunde im schaukelnden Boot unter grüngoldenen Trauerweidenzweigen, die Blumen und die Springbrunnen einer Sommernacht im kleinen Kurpark, die großen wilden Augen und das kleine Samtkinn ihrer Katze. Sie wollte das dunkle Zimmer betreten; ihr Schatten sollte die Zerbrechlichkeit des Zweiges nicht verdunkeln, der ihm Freiheit brachte, Gedanken an Vergänglichkeit und Götter; sie wollte mit ihm lachen, hoch in die Luft geschleudert von einem altmodischen Kettenkarussell; sie wollte mit ihm schweigen, wenn Melancholie über dem bilderverzerrenden Wasser des Flusses lag und die Abenddämmerung rot war.

Die Musik ließ sie seine Seele sehen, dachte sie, obwohl sie wusste, dass es ihre Seele war, die sie sah, und zu der sie sich das passende Gegenstück wünschte. Diese Seele war das langbewimperte braune oder schiefergraue Auge eines Kamels mit all seinen Erinnerungen an Boote auf binsengesäumten, lehmiggelben Flüssen, an sengende Glut und peitschende Sandstürme, an ruhige Oasen und hartes, spitzes Grün und Bauwerke vor endlosem Himmel, von denen Erhabenheit abstrahlt und Größe, Ewigkeit und Tod.

Die Seele war auch eine Mondnacht im Frühling, mit all ihren wilden, scheuen Berührungen, mit dem kleinen Klaps, den der Birnbaumzweig ihr gab, wenn sie an ihm vorüber lief, barfuss, mit Blütenblättern im Haar, die wächsern und unwirklich weiß schimmerten. Sie war die Steilküste des Meeres, wo zwei Giganten gischtend aufeinander trafen, die See, der Fels, und das Hinterland lag weit, grün und sicher hinter diesem natürlichen Bollwerk und erzählte Geschichten vom ruhigen Leben auf dem Lande, von hohen Bäumen, die alte Häuser beschützten und weißen Schwänen auf dem Dorfteich.

Die Seele waren auch die kühlen, grünen Wälder, die sich an Sommertagen wie Dome über sie wölbten, wenn sie sich am Waldrand ins trockene Gras warf und hinunterblickte zum Gutshof, der weiß war und schwarz und der ein rotes Ziegeldach trug und seine alten Schätze gelassen behütete, den großen Kupferkessel und die Bauerntruhe der Urgroßmutter, das Feuer im offenen Kamin, den Krug frischer Milch und die getrockneten Kräuter, die, zu kleinen Sträußchen gebunden, von den dunklen Deckenbalken hingen.

Und nun wollte sie sich nicht mehr damit beschäftigen, dachte Viktoria und wandte den Blick ab, sie wollte dem Ballett zusehen oder das Bühnenbild betrachten, sie wollte sich festhalten, dort, an der gelben Mondsichel, die gemalt über den tief dunkelblauen Umrissen der Landschaft hing, und nicht mehr daran denken. Sie sah auf den Kulissenmond. Es war ein übertrieben spitzer und langer und dazu noch zitronengelber Mond, der vielleicht zu aufragenden Minaretten gepasst hätte oder den Pagoden und kleinen Brücken eines fernöstlichen

Gartens; hier jedoch, in der Illusion einer Waldnacht, deplaciert wirkte und fremd, wie eine wilde und sonderbare Blume aus den Regenwäldern am Amazonas fremd wirkte in einem holländischen Tulpenbeet. Hierher, dachte sie, gehört ein runder, etwas verschleierter, zart kanarienvogelgelber Mond, wie er in den Zweigen einer Rotbuche hinter einem englischen Landhaus hängen könnte.

Allmählich fühlte sie das gewaltige Tier, das die Menge um sie herum war, erwachen. Lange hatte es geträumt, sich manchmal von einer Seite auf die andere wälzend, doch nun zerrte es schlaftrunken an den Ketten, die der bald einsetzende Applaus zerreißen würde. Dann war es frei, das Tier, die Menge; es würde sich hierhin schieben und dorthin, würde auf vielen Beinen laufen und mit vielen Stimmen sprechen, es würde wirbeln und strömen wir ein Fluss bei Hochwasser und würde sie und ihn mit sanfter Gewalt getrennt halten, bis sie sich einbildeten, den anderen nur geträumt zu haben, in einer fernen, kalten Nacht, als Orion mit seinen Hunden hoch am Himmel stand.

Viktoria hatte Angst vor dem prosaischen Licht. Und nicht nur davor. Sie hatte Angst, dass der Klang seiner Stimme die fadendünnen Tentakeln ihrer Sinne, die sich vor ihr ausbreiteten wie das spinngewebige Netz eines fantastischen Meerestieres, zurückstieß und sie versteinerte. Sie hatte Angst, dass die Berührung seiner Hand trocken und heiß und genauso unangenehm war, wie sie sich die Berührung der Haut einer Schlange vorstellte, die lange in der Sonne gelegen hatte. Sie hatte Angst, dass einer von ihnen etwas sagte, das zu gravierend blöde wäre, um es zu ignorieren oder zu entschuldigen. Sie hatte Angst, dass er ging, ohne sie getroffen zu haben; und ihr Verstand, der sie vor Enttäuschungen schützen wollte, würde sagen, es wäre gut so, und in ihr stürzte ihr Blut, hellrot und heiß, in tiefe Felsenschluchten und ertränkte sie ganz und gar.

Das Tier, die Menge, reckte sich, stampfte und riss sich los von der Kette.

Das Licht geht nun an, dachte Viktoria, das Licht geht an!